KB145910

BBULMEDIA

BBULMEDIA

스타일라이프

스타라이프

1판 1쇄 찍음 2018년 8월 10일
1판 1쇄 펴냄 2018년 8월 17일

지은이 | 정사부
펴낸이 | 정 필
펴낸곳 | 도서출판 **뿔미디어**

편집장 | 김대식
기획 · 편집 | 문정흠

출판등록 | 2002년 9월 11일 (제1081-1-132호)
주소 | 경기도 부천시 원미구 소향로 17번길(두성프라자) 303호 (우) 14544
전화 | 032)651-6513 / 팩스 032)651-6094
E-mail | bbulmedia@hanmail.net
비북스 | http://www.b-books.co.kr

값 8,000원

ISBN 979-11-315-9209-0 04810
ISBN 979-11-315-8292-3 04810 (세트)

※파본은 구입하신 서점에서 교환하여 드립니다.

BBULMEDIA FANTASY STORY

스타라이프

1

CONTENTS

Chapter 1

곰 우리에 빠진 아이를 구하다

사람들이 모여 웅성거리는 곳에 도착한 수현은 재빨리 주변 상황을 파악하였다.

“어떻게 해!”

“오 마이 갓!

사람들은 하나같이 관광객들의 안전을 위해 곰 우리와 분리되게 만든 웅덩이 쪽을 내려다보고 있었다.

그곳은 땅으로부터 7m 정도 낮게 설계되어 동물이 우리 바깥으로 올라오지 못하게 만들어져 있었다.

또한 무릎 정도 깊이의 물웅덩이가 만들어져 있어 더운 날씨에 물놀이하거나 물고기를 풀어놓아 야생의 사냥 습성을 잃지 않게 만들어놓은 시설이다.

그런데 무슨 이유에서인지 사람들은 하나같이 그곳에 시선을 고정한 채 비명을 지르고 있었다.

'뭐가 있어서 그러는 거지?'

사람들의 시선을 따라서 물웅덩이를 살피던 수현은 순간 깜짝 놀랐다.

그곳에 어린아이가 있던 것이다.

아마도 보호자가 보지 않는 틈에 우리 가까이 접근을 했다가 곰 우리로 떨어진 듯 보였다.

그런데 상황은 그저 아이가 물웅덩이에 떨어졌다는 것으로 끝나는 것이 아니었다.

"꺄아악!"

주변의 여성들이 찢어지는 듯한 비명을 질렀다.

"어어!"

남자들 또한 당황 섞인 외침을 지르기 시작했는데, 그 원인은 바로 우리에 있던 그리즐리 베어 한 마리가 물웅덩이에 떨어진 아이에게 접근하고 있기 때문이었다.

더욱 심각한 것은 곰이 그저 자신의 영역에 인간 아이가 떨어진 것에 호기심을 느끼고 접근을 하는 것이 아닌, 잔뜩 흥분한 듯 앞발을 구르며 접근하고 있다는 점이었다.

휘익!

"수현!"

수현은 아이를 확인하기 무섭게 망설임 없이 7m 아래 곰 우리로 뛰어내렸다.

그런 수현의 뒤로 마리아의 비명과도 같은 외침이 들렸다.

첨벙!

수현은 물웅덩이에 내려서자마자 일단 아이를 살폈다.

"으으, 아파요. 도와주세요."

소년은 몸을 웅크리며 도움을 호소했다.

"괜찮아, 아저씨가 도와줄게."

수현은 소년을 안심시키기 위해 노력했다. 그러면서도 접근하는 곰을 경계하며 긴장을 늦추지 않았다.

자신의 신체 능력이 얼마나 대단한지 잘 알고는 있지만…… 야생동물, 그것도 힘이라면 한 손가락에 꼽을 정도로 엄청난 파워를 가진 동물이 바로 곰이다.

그런 곰 중에서도 포악하기로 유명한 그리즐리 베어가 바로 눈앞에서 접근을 하고 있으니, 긴장하지 않을 수 없었다.

"911과 사육사를 빨리 불러주십시오! 아이가 다친 것 같습니다!"

수현은 위에서 비명을 지르며 걱정스레 쳐다보고 있는 사람들에게 소리쳤다.

하지만 불특정 다수에게 말하다 보니 어느 누구도 수현의 말에 따르려는 이가 없었다.

그에 수현은 특정인을 지칭해 지시를 내렸다.

"거기 파란 티셔츠에 LA 야구 모자 쓰신 남성분, 911에 전화해 주세요!"

"아, 알겠습니다."

호명당한 남성은 얼른 휴대폰을 꺼내 911로 전화를 걸더니, 현재 상황을 설명하고 도움을 요청했다.

한편, 소년을 향해 접근하던 곰은 갑자기 난입한 수현으로 인해 접근을 멈췄다. 수현이라는 돌발 변수가 어떤 결과를 가져올지 몰라서였다.

한동안 조심스럽게 수현을 살피던 곰은 이윽고 적이라 인식한 것인지 위협적으로 울부짖었다.

우어엉!

케빈은 오늘 기분이 무척이나 좋지 못했다.

그도 그럴 것이, 드넓은 사파리에 들어가지 못하고 좁은 우리에 들어가야 했기 때문이다.

LA 동물원은 동물들의 스트레스를 최대한 줄여주기 위해 넓은 영역이 필요한 대형 동물들에게 원래 살던 야생과 비슷한 환경을 만들어주기 위해 노력했다.

그래서 넓은 사파리를 여러 곳에 형성해 놓았다.

이는 사파리 투어를 할 때 온전한 야생동물을 볼 수 있다는 장점이 있는 반면, 사육사들이 동물을 통제하는 데 어려움이 있었다.

그렇기에 안전하면서도 많은 동물들을 보여주기 위해 사파리 외에도 일반 동물원처럼 따로 각 동물들을 수용하는 우리도 만들어놓았다.

처음에는 그럭저럭 잘 운영이 되었는데, 동물들의 수가 늘어나면서 문제가 발생했다.

LA 동물원에서는 자체적으로 동물들의 교배를 통해 숫자를 늘리기도 하지만, 그렇게 했다가는 근친교배가 불가피해져 돌연변이가 발생할 우려가 있었다.

돌연변이는 심각한 문제를 야기하는데, 그중 하나가 심각한 질환을 앓는다는 것이다.

그렇게 되면 치료를 위해 많은 돈을 쏟아부을 수밖에 없다.

게다가 기형적인 모습을 가지기라도 한다면 많은 관람객들이 혐오감을 느껴 발길을 돌리고 말 것이다.

이는 관람료 수익의 감소로 이어진다.

동물원도 어찌 되었든 이익 집단이다.

이익을 창출해 내야지만 운영이 가능하다. 그러니 돌연변이의 탄생은 동물원의 입장에서는 결코 바라지 않는 일인 것이다.

그렇다고 다른 동물원과 연대하여 서로 교배하는 것도 쉬운 일만은 아니었다.

먼저 비용이 만만치 않게 들어갔다.

교배를 시키기 위해서는 짝이 있는 곳으로 이동해야 하는데, 사람과 달리 여러 가지 작업이 필수적이다. 이 또한 하나하나가 모두 돈이다.

그렇게 수고를 들여 교배를 한다 해서 무조건 성공하는 것도 아니고, 또 이동 중 스트레스로 인해 불임이 되는 경우가 많았다.

그러니 LA 동물원에서는 최대한 근친교배를 하지 않고 자연스럽게 숫자를 늘리는 방법으로 야생동물을 사들여 왔다.

비록 적지 않은 비용이 발생하기는 하지만, 근친교배나

다른 동물원으로 이동시켜 교배를 시도하는 비용에 비하면 적게 들어간다고 할 수 있었다.

케빈은 그런 과정의 일환으로 야생에서 생포되어 LA 동물원으로 팔려온 수컷 그리즐리 베어다.

생후 2년 미만의 어린 새끼였기에 살아서 동물원으로 올 수 있었지, 만약 몸집이 더 컸다면 그러지 못했을 것이다.

아무리 LA 동물원의 사파리나 우리가 다른 동물원에 비해 넓다고는 하지만, 드넓은 야생에서 활동하던 짐승들에게는 감옥이나 다름없는 것이다. 그러니 쉽게 적응하지 못하고 자해를 하는 등 많은 스트레스를 받아 시름시름 앓거나 죽기 일쑤였다.

그런 관계로 어린 수컷 곰인 케빈은 운 좋게도 살아서 LA 동물원으로 오게 되었다.

하지만 야생의 습성이 아주 사라진 것은 아니었다.

그 때문에 종종 사파리에서 문제를 일으키곤 했는데, 어제도 다른 곰과 싸움을 벌여 곰 우리로 오게 된 것이었다.

그런 탓에 오늘은 우리에 나올 때부터 기분이 좋지 못했다.

그런데 설상가상으로 나오자마자 가까운 거리에서 많은 인간을 보게 되었다.

그들이 쏟아내는 소음에 케빈은 더욱 신경이 날카로워졌는데, 그때 작은 인간 하나가 자신에게 무언가를 던졌다.

이를 공격 행위라 규정한 케빈은 계속해서 포효를 터뜨리며 성을 냈다.

가까이에만 있으면 당장 앞발로 후려쳤을 텐데, 너무 높은 곳에 있어 어떻게 할 수가 없었다.

그런데 기회가 왔다.

자신을 자극하던 작은 인간이 우리에 떨어진 것이다.

드디어 쌓인 분노를 풀 절호의 찬스였다.

다만, 쉽게 접근하기가 주저되었다.

손이 닿지 않는 저 위에서 큰 인간들이 소리를 질러 대고 있었기 때문이다.

사실 케빈은 아주 어릴 때의 기억을 잊지 않고 있었다.

자신을 위해 물고기를 잡아주던 어미를 인간들이 죽였다.

그 광경을 가까운 곳에서 지켜본 케빈은 인간에게 두려움을 가지게 되었다. 아무리 몸집이 작다 해도 인간은 이상한 도구를 사용해 순식간에 어미를 해치운 것이다.

때문에 케빈은 사육사들에게도 함부로 덤비지 않고 스트레스를 다른 곰들에게 풀었다.

그럴 때마다 몸에 상처가 하나씩 늘어나기는 했지만, 시간이 지나자 사파리에서 어느 정도 자신의 영역을 가질 수 있게 되었다.

그런데 어제는 새로운 도전자와 영역을 두고 다투는 것 때문에 거칠게 싸웠더니 상대가 많이 다쳤다.

그런 이유로 벌을 받아 이곳에 오게 되었는데, 자신을 자극하는 작은 인간을 보게 되자 더 이상 참을 수가 없었다.

크어엉!

응징하기 위해 뛰어가려던 찰나, 무언가가 자신의 우리로 떨어져 내렸다.

그것은 조금 전에 자신의 우리를 침범한 작은 인간보다 좀 더 큰 인간이었다.

크어엉!

케빈은 자신도 모르게 예전 기억이 떠올라 움찔하며 포효를 터트렸다.

두려움을 감추기 위해 울부짖은 것이다.

외형적으로 아이는 크게 이상이 있어 보이진 않았다.

떨어진 곳이 비록 높기는 하지만, 물웅덩이가 완충작용을 해준 모양이었다.

크어엉!

수컷 그리즐리 베어의 울부짖는 소리가 가까이에서 들렸다.

하지만 뜻밖에도 수현은 그런 곰의 위협이 전혀 위험하다는 느낌이 들지 않았다.

'이상하네?'

얼핏 듣기에는 무척이나 위협적인 소리이지만, 수현은 오히려 자신을 두려워하는 것 같다는 느낌을 받아 의아해했다.

그 순간, 수현은 좋은 생각이 났다.

왠지 지금 상황에서 충분히 벗어날 수 있을 거란 느낌에 별로 두렵지가 않았다.

그런 생각이 들자 수현은 정신을 집중해 전면에 있는 곰을 노려보기 시작했다.

그냥 노려보는 것이 아닌, 자신의 의념을 구체적으로 떠올리며 곰과 눈싸움을 했다.

눈은 마음의 창이라고들 하지 않는가.

그러자 당장에라도 달려들 것 같던 곰이 망설이는 것이 보였다.

"여기요, 빨리 와주세요!"

그때, 구급대원이 도착했는지 사람들의 재촉하는 목소리

가 들렸다.

LA 응급 센터 대원인 크리스티안 멘데스는 곰 우리에 아이가 떨어졌다는 연락을 받고 급하게 LA 동물원을 찾았다.

그는 사고가 났다는 곰 우리 근처에 도착한 순간, 눈앞이 깜깜해졌다.

일반적인 흑곰이 아닌, 살인 곰으로 널리 알려진 그리즐리 베어의 우리란 사실에 공포와 절망감이 닥쳐든 것이다.

그의 머릿속에 가장 먼저 떠오른 생각은 곰의 공격에 갈가리 찢긴 아이의 모습이었다. 흉포한 그리즐리 베어의 습성대로라면 아이는 절대 온전할 수가 없었다.

구급대원인 그는 신고를 받고 현장에 도착해 보면 그런 광경을 많이 보곤 했다.

제때 현장에 도착해 다행히 생명을 구하고 나중에 환자가 회복한 뒤 감사하다는 말을 할 때, 그 보람은 이루 말할 수 없는 쾌감을 준다.

하지만 그와 반대로 구조자가 이미 싸늘한 시체가 되었을 때의 절망감은 이루 말할 수 없이 암담했다.

그런데 오늘은 첫 번째 상황이 아닌, 두 번째 상황일 것이 분명했다.

다른 곰도 아니고, 그리즐리 베어다.

재촉하는 사람들의 고함에 어쩔 수 없이 떨어지지 않는 발걸음을 떼며 그곳으로 접근하였다.

하지만 눈앞에 펼쳐진 상황은 그의 예상과 전혀 달랐다.

사고 현장에는 신고 내용처럼 아이만 있는 것이 아니라, 아시아인으로 보이는 성인 남성도 한 명 있었던 것이다.

그 아시아인이 아이를 보호하듯 앞에 서서 곰과 대치하고 있었다.

"아이는 무사합니까?"

크리스티안은 낮은 목소리로 곰 우리에 있는 남성에게 물었다.

괜히 큰 소리를 쳤다가는 곰을 자극할 수 있기에 나지막한 목소리로 물어본 것이다.

"육안으로는 크게 다친 곳이 없어 보입니다. 하지만 혹시 모르니 어서 구해주시기 바랍니다."

수현은 응급대원이 도착한 것을 확인하고 도움을 요청했다.

그러면서도 혹시나 자신의 목소리에 자극받은 곰이 돌발 행동을 할까 봐 주시하는 것을 잊지 않았다.

“잠시만 기다려 주십시오.”

크리스티안은 수현의 말에 얼른 동료를 불렀다.

“피터! 여기 들것에 밧줄을 연결해!”

애당초 곰 우리에 아이가 떨어졌다는 소리에 어떤 상황인지 알 수가 없어 환자를 싣고 고정시킬 구급대와 밧줄을 준비해 왔다.

그것을 우리 아래로 내려보낸 후, 밑에 있는 남성의 도움을 받아 아이를 땅 위로 끌어 올린다는 계획인 것이다.

“알겠습니다.”

피터는 선임인 크리스티안의 지시에 따라 얼른 구급대에 밧줄을 묶어 건넸다.

구급대를 받아 든 크리스티안은 다시 우리 아래에 있는 수현에게 조심스레 상황을 설명했다.

“구급대를 내려보낼 테니, 일단 아이를 그곳에 고정해 주시기 바랍니다.”

“알겠습니다. 그런데 여기 물웅덩이가 있어 아이를 고정하기가 쉽지 않아 보입니다. 여유 있게 묶을 수 있도록 밧줄의 길이를 좀 넉넉하게 해주시기 바랍니다.”

수현은 크리스티안에게 상황을 설명하며 필요한 도움을 요청했다.

확실히 물웅덩이는 생각보다 깊어 구급대를 내려놓고 그 위에 아이를 고정한다는 것은 쉽지 않아 보였다.

"알겠습니다."

크리스티안은 수현의 말에 동의한다는 듯 고개를 끄덕였다.

누가 봐도 장소가 좋지 못했다.

물웅덩이 덕분에 아이가 큰 부상을 입지 않을 수 있었지만, 반대로 그로 인해 구조를 하는 데도 난이도가 올라갔다.

"내려갑니다."

크리스티안은 밧줄의 길이를 조절해 가며 구급대를 신중하게 곰 우리 밑으로 내려보냈다.

바로 그때, 한쪽에서 가만히 돌아가던 상황을 지켜보던 케빈이 돌발 행동을 일으켰다.

위에서 내려지는 구급대를 자신을 위협할 무언가로 여긴 것이다.

어린 시절, 어미를 죽인 후 그 사체를 싣고 가던 들것.

그것이 바로 지금, 천천히 내려지고 있었다.

때문에 자신을 해치려는 것이라 착각한 케빈이 더욱더 흥분하기 시작했다.

크워엉엉!

첨벙! 첨벙!

케빈은 이대로 있다가는 죽을지도 모른다는 생각에 더 이상 고민하지 않고 수현을 향해 내달렸다.

"아아악!"

"꺄악!"

"어떻게 해!"

"어머나!"

"오 마이 갓!"

관광객은 커다란 곰이 수현과 아이에게 달려들자 비명 섞인 고함을 질러 댔다.

수현 역시 곰이 달려오는 것을 알아차리고 바로 시선을 돌렸다.

한순간도 긴장을 놓지 않았기에 곰의 움직임은 금방 파악되었다. 게다가 육중한 몸을 이끌고 달려오는 터라 자연 소리가 날 수밖에 없었다.

"하압!"

한순간, 수현은 짧고 굵은 기합성을 내질렀다.

촤자자작!

케빈은 그 순간 달리던 것을 멈췄다.

그로 인해 작은 물보라가 일기는 했지만, 케빈의 가까스로 걸음을 멈춰 세울 수 있었다.

끄헝!

자리에 멈춘 케빈은 그제야 정신이 들었다.

아마도 수현의 기합 속에 뭔가 심상치 않은 기운이 포함되어 있는 듯했다.

그것은 어찌 보면 포식자가 하위 계체들을 잡아먹기 전에 지르는 포효와도 비슷했다.

비록 낮은 소리지만, 그 속에는 피식자를 꼼짝하지 못하게 만드는 힘이 작용하고 있었다.

일부 학자들은 이런 현상을 과학으로 증명하려고도 했는데, 나름대로 성과를 보이기도 했다.

포식자가 내지르는 저주파 파장에 피식자의 교감신경과 부교감신경이 자극받아 근육을 수축시킴으로써 몸이 경직되는 현상.

실제로 수현의 기합성은 그리즐리 베어인 케빈에게만 온전히 집중되었다.

그랬기에 우리 위쪽에 모여 있는 사람들에게는 그저 커다란 외침만으로 느껴질 뿐, 이를 직접적으로 접한 케빈만이 그 기운에 순간 온몸이 경직되었다.

케빈이 지금껏 살아오는 동안 단 한 번 경험해 본 기억이 새삼 떠올랐다.

케빈이 어린 시절, 어미가 살아 있을 당시의 일이었다.

어미는 케빈과 함께 강가에서 물고기를 잡고 있었다. 그런데 그때, 강가 한쪽에 커다란 몸집을 지닌 수컷 곰이 한 마리 나타났다.

놈은 케빈과 어미에게 물러나라는 듯 위협 섞인 그로울링을 냈다.

마치 이곳은 내 사냥터이니 얼씬도 하지 말라는 경고 같았다.

말을 듣지 않으면 잡아먹겠다는 위협에 케빈과 어미는 힘없이 물러나야만 했다.

지금 수현이 내지른 기합성에는 그때의 수컷 곰이 내지른 포효처럼 경고의 메시지가 담겨 있었다.

그랬기에 이성을 잃고 흥분해 달려들던 케빈이 정신을 차리고 발을 멈춘 것이다.

눈앞의 수현은 비록 자신보다 덩치도 작은 인간이지만, 무언가 함부로 할 수 없는, 자신보다 상위 포식자라는 느낌이 들었다.

그와 동시에 사파리에 있는, 자신보다 큰 몸집의 동족들에게서나 느끼던 본능적인 위험신호가 뇌리를 울렸다.

케빈은 더 이상 수현에게 다가가지 않고 뒷걸음질을 치기 시작했다.

"아직 무사합니까?"

사고가 난 지 한참이 지난 후에야 겨우 나타난 사육사들이 소리쳤다.

그들의 손에는 기다란 총이 들려 있었다.

혹시나 위험한 상황이 발생하면 케빈을 죽여서라도 제압하기 위해서였다.

비록 그리즐리 베어 한 마리를 사들이고 지금까지 키워온 비용이 아쉽기는 하지만, 인명 피해가 발생해 보상하는 것에 비하면 싸게 먹히기 때문이었다.

"어?"

그런데 우리 아래를 내려다본 사육사들은 눈을 휘둥그레 뜨며 바보 같은 감탄사만 흘려냈다.

혹시나 최악의 상황이 발생한 것은 아닌가 마음을 졸였는데, 현장 상황은 그와 정반대였기 때문이다.

평소 난폭한 편에 속하는 케빈이 무슨 이유 때문인지 아이와 사내로부터 멀어지고 있었다.

사육사는 자신의 두 눈을 의심했다.

다시금 자세히 살펴보니, 케빈 녀석이 꽁무니를 빼고 슬금슬금 뒷걸음질을 하고 있는 것이 아닌가.

흉포한 그리즐리 베어 중에서도 특히나 예민한 케빈이 저런 행동을 보이니 사육사는 어안이 벙벙할 수밖에 없었다.

한편, 크리스티안은 수현의 고함 소리에 달려들던 곰이 뒷걸음질 치자 조심스레 우리 안으로 내려갔다.

그렇게 해도 왠지 곰이 흥분하지 않을 것 같다는 생각이 들었기 때문이다.

무슨 이유에서인지는 모르겠지만, 곰이 앞에 있는 사내에게 겁을 집어먹었다는 것을 본능적으로 알아차린 그는 과감하게 행동하기로 마음먹고 우리 안으로 내려섰다.

첨벙!

분명 크리스티안의 행동은 무척이나 비이성적이고, 또 지극히 위험한 행동이다.

그렇지만 어느 누구도 크리스티안의 행동을 제지하는 사람이 없었다.

그들의 관심은 곰과 대치를 하고 있는 수현에게 쏠려 있었기 때문이다.

그리고 일부 관광객들은 그 광경을 처음부터 핸드폰을 이용해 찍으며 방송국에 제보하고 있었다.

"천천히!"

아이를 구급대에 안전하게 고정시킨 크리스티안은 물웅덩이에 빠지지 않도록 보조하며 피터에게 신호를 보냈다.

피터는 주변의 성인 남성들에게 도움을 청해 밧줄을 당겼다.

그러자 아이가 고정된 구급대가 천천히 위로 올라갔다.

그런 모습을 한쪽에서 물끄러미 지켜보던 케빈은 조금 더 뒷걸음질을 쳤다. 그 모습에 사육사들은 깜짝 놀랐다.

그들이 아는 케빈이라면 절대로 보일 수 없는 모습이기 때문이었다.

종종 스트레스가 심할 때면 사육사들에게도 위협적인 모습을 드러내는 케빈이다 보니 이런 모습은 정말 생경하게 느껴졌다.

"뭣들 하고 있어! 어서 케빈을 안으로 들여보내!"

사육사들 중 가장 선임인 마이크 홈스는 멍하니 서 있는 사육사들에게 소리쳤다.

그제야 실수를 깨달은 사육사들은 서둘러 움직이기 시작했다.

마이크 홈스는 고개를 돌려 아직 우리 안에 남아 있는 수현과 크리스티안을 쳐다보았다.

원래 저 자리에는 자신들이 있어야 했다.

동물원을 찾은 고객과 신고를 받은 구급대원이 생명의 위험을 무릅쓰며 뛰어든 것에 부끄러운 마음이 들었다.

"와아!"

아이가 무사히 땅 위로 올라오자 지켜보던 사람들이 일제히 환호성을 내질렀다.

우엉!

갑작스러운 사람들의 환성에 자극을 받은 케빈이 작게 으르렁거렸지만, 그것은 아이의 무사함을 확인한 사람들의 환성에 다시 묻혔다.

"올라가십시오."

아이를 무사히 올려 보낸 후, 이번에는 밧줄이 내려왔다. 그러자 구급대원인 크리스티안이 수현에게 먼저 올라갈 것을 종용했다.

"아닙니다. 제가 곰을 견제하고 있을 테니, 먼저 올라가십시오."

"음……."

크리스티안은 낮은 신음을 흘렸다. 수현의 태도나 말투로 보아 절대 양보를 포기하지 않을 듯했다. 이대로 고집을 부리며 시간을 끄는 것보다 자신이 먼저 올라가는 게 빠른 해결책이었다.

사실 마음 한편으로는 혼자 우리에 남아 있다가 곰이 덮쳐들면 꼼짝없이 죽고 말 거라는 두려움도 있었다.

크리스티안이 보기에도 곰은 수현을 두려워하고 있는 게 명백했다.

"알겠습니다."

크리스티안은 밧줄을 잡고 신속하게 땅 위로 올라갔다. 그런 후, 지체 없이 밧줄을 우리 안으로 내렸다.

"올라오십시오."

첨벙! 첨벙!

밧줄이 내려오자 수현은 물웅덩이로 향했다.

그러면서도 계속해서 멀리 떨어진 채 자신을 주시하는 케빈을 살폈다.

언제 어떤 돌발 행동을 할지 모르니, 멀리 떨어져 있다고 해서 등을 보여줄 수는 없었다.

곰이란 동물은 얼핏 굼뜨게 생각되지만, 의외로 빠른 짐승이다.

언젠가 수현이 듣기론 시속 50㎞로 뛸 수 있다고 했다.

그러니 이 좁은 우리에서 등을 보인다는 것은 정말 위험한 일이다.

케빈을 경계하며 밧줄이 내려진 곳까지 다다른 수현은 마지막으로 한 번 더 케빈을 돌아보았다.

하지만 수현의 걱정은 기우에 불과했다.

케빈은 전혀 달려들 마음이 없다는 듯 몸을 움츠린 채 수현의 눈치만 살필 뿐이었다.

그에 한결 마음을 놓은 수현은 밧줄을 쥐고 발을 굴렀다.

마치 평지를 걷듯 벽을 디디며 빠르게 땅 위로 올라갔다.

7미터나 되는 높이였지만, 정말 순식간에 우리 밖으로 빠져나올 수 있었다.

"와아!"

수현이 무사히 땅을 딛고 서자 주변에서 지켜보던 사람들이 일제히 환호성을 질렀다. 그러면서 서로 얼싸안으며 기쁨을 나눴다.

많은 사람들이 수현의 영웅적인 행동에 칭찬을 아끼지 않았다.

세계 어느 나라에서든 남을 위해 희생한 사람들에게는 열광하고 존경을 표한다. 그중 미국은 그런 경향이 더욱 강한 편이다.

실제로 어린 학생들에게 장래 희망이 무엇이냐고 물어보

면 대부분이 소방관이나 군인을 꼽는다. 스스로를 희생해 다른 이를 구하는 것을 숭고한 일이라 여기는 것이다.

실제로 불타는 건물에 주저 없이 뛰어드는 소방관들의 모습은 영화상의 히어로를 뛰어넘는 진정한 영웅의 모습이다.

이는 대한민국에서라면 생각지도 못할 모습이기도 하다.

몇 십 년 전만 해도 대한민국에서 어린이에게 장래 희망을 물어보면 대통령이나 과학자, 장군 등 선도적인 지위에 속하는 직업을 말하는 경우가 많았다.

하지만 이건 어린아이가 진실로 원한다기보다는 부모의 바람이 담긴 대답일 뿐이다.

시간이 흘러 요즘에는 1순위 장래 희망이 배우나 가수 같은 화려한 직업이 그 자리를 차지했다.

단지 TV에서 나와 많은 이들이 환호한다는 이유만으로 그것을 꿈꾸게 되는 것이다. 그 뒤에 가려진 경쟁이나 온갖 부조리에 대해서는 전혀 알지 못하고 그저 남들에게 환호받는 삶을 꿈꾸는 것이다.

예전이나 지금이나 진실로 사회를 떠받치는 직업들은 전혀 존경을 받지 못한다. 소방관이나 구급대원을 마치 아랫사람인 것마냥 대하는 것이 대한민국의 현실인 것이다.

그에 비해 미국에서는 소방관과 군인에 대한 존경이 당연한 것으로 인식되어 어린이들의 장래 희망 직업 1순위에 꼽히는 것이다.

물론 방금 전처럼 위기에 처한 사람을 돕기 위해 위험도 무릅쓰고 도움의 손길을 내미는 수현과 같은 사람도 당연히 존경을 받을 수밖에 없는 것이다.

"수현, 어디 다친 곳은 없나요?"

마리아 료코가 사람들을 헤치고 다가와 물었다.

사람들은 그녀가 수현의 일행인 것을 알아보고는 길을 비켜주었다.

수현은 빙그레 미소를 지어 보이며 그녀를 안심시켰다.

"전 괜찮습니다. 다만… 아이들을 잠시 제게 다가오지 못하게 해주세요."

수현은 마리아에 이어 자신에게 달려오는 에이미를 보며 주의를 주었다.

조금 전, 흥분해 달려오던 곰을 향해 기세를 퍼뜨린 영향이 아직 갈무리되지 않아 혹시나 케이트와 로이드에게 악영향을 줄 수도 있는 탓이었다.

"네? 그게 무슨 말이죠?"

물론 그런 의도를 전혀 알지 못하는 에이미로서는 당황할 수밖에 없었다. 방금 전까지만 해도 아이들을 그렇게 예뻐했으면서 무엇 때문에 그러한 말을 하는 것인지 이해할 수 없기 때문이었다.

자신의 말을 오해한 듯한 에이미의 표정에 수현은 급히 설명을 덧붙였다.

"아, 그게 실은… 조금 전에 곰과 대치를 하면서 기세 싸움을 했습니다. 아직 제가 흥분한 상태라 아이들에게 좋지 못할 수도 있어 그러한 것이니 오해하지 마세요."

수현의 말을 모두 이해한 것은 아니지만, 어느 정도 일리가 있다는 생각에 에이미는 고개를 끄덕였다.

확실히 그 말을 듣고 나니 수현에게 접근하는 것이 조금은 꺼려지기도 했다.

맹수 앞에 놓인 것처럼 온몸에 있는 털이 곤두서는 듯한 긴장감이 그제야 느껴졌다.

'마리아 씨의 이야기를 들었을 때는 그냥 과장이 심하다고 생각했는데, 그게 아니라 충고를 해준 거였네.'

데이빗은 뒤에서 그 모습을 지켜보다 조용히 고개를 끄덕였다.

촬영 스텝이었던 데이빗은 마리아 료코가 캐스팅되면서 그녀를 알게 되었다.

외모는 서구인들과 별반 다르지 않지만, 어머니를 따라 일본 국적을 가지고 있는 그녀가 처음에는 무척이나 신기했다.

마리아 료코는 어머니의 영향을 많이 받았는지, 화려한 외모와 다르게 무척이나 내성적인 성격을 가지고 있었다.

그 때문에 초기에는 촬영에 적응하는 데 많이 힘들어하였다.

당시, 에이미가 많은 도움을 주면서 친구가 되었고, 에이미의 남편인 데이빗 역시 자연스럽게 어울렸다.

그러면서 많은 이야기도 나누게 되었는데, 어느 정도 친해지고 나니 마리아가 내성적인 것이 아니라 낯가림이 조금 있는 편이란 것을 알게 되었다.

처음 그녀를 만났을 때 아무 말도 하지 않던 것은 결코 내성적인 성격 때문이 아니었다. 아니, 오히려 마리아는 전혀 내성적인 성격이 아니었다.

낯선 환경과 사람들 때문에 조심스러웠던 것이지, 사실은 무척이나 활달한 성격이었다.

친구가 생기고 시간이 지나면서 마리아 료코는 원래의 성격을 찾아갔다. 언제 어디서나 밝고 활발한 모습을 보여주었다.

그러면서 자연스레 연애 이야기도 주고받게 되었는데, 그때 처음 수현에 대해 들었다.

이종격투기 챔피언을 KO시킨 아이돌 가수이자 연기자인 수현과의 연애.

그에 관한 이야기는 데이빗의 흥미를 끌었다.

아이돌 가수이면서 연기도 잘하고, 또 격투기도 잘하는 사람을 그는 아직까지 전혀 들어보지 못했다.

물론 아이돌 가수라 해도 남자이니 격투기를 좋아할 수는 있다.

그렇지만 일반적으로 격투기를 즐기는 아마추어 격투기 선수도 아니고, 프로, 그것도 세계에서 인정받는 격투기 단체의 챔피언을 이겼다는 말에 데이빗은 과장이 너무 심하다 생각했다.

아무리 마리아와 친해진 사이라지만, 그 말만은 곧이곧대로 믿을 수가 없었다.

그런데 오늘 자신이 직접 목격한 장면을 떠올려 보면, 그 말이 과장되거나 거짓이 아닐 수도 있다는 생각이 들었다.

곰, 그것도 가장 많은 인명 피해를 발생시킨다는 그리즐리 베어와 맞상대한 사람이 겨우 격투기 챔피언과 대결에서

이기지 못할 것이 없다는 판단에서였다.

역시 사람은 겉만 보고 판단해선 안 된다.

데이빗이 처음 수현을 보았을 때 떠올린 생각은 듣던 것과 다르게 무척이나 호리호리하고 잘생겼다는 것이다.

20대 후반의 나이란 것을 이미 들어 알고 있으면서도 처음 보았을 때는 이제 겨우 10대 후반이 된 것은 아닌가, 싶었다.

물론 동양인들이 실제 나이보다 더 어려 보인다고는 종종 듣곤 했지만, 설마 이렇게까지 어려 보일 줄은 상상도 못했다.

데이빗도 LA에서 많은 동양인들을 봐왔지만, 그들은 이렇게까지 어려 보이지는 않았다. 그런데 수현은 정말이지 상상 이상의 동안을 가지고 있었다.

물론 이건 데이빗의 착각만은 아니었다.

예전에도 수현이 나이에 비해 어려 보이기는 했지만, 지금 훨씬 어려 보이는 이유는 수현의 몸에 적용되던 인생 게임, 스타 라이프가 Phase 2로 업그레이드되면서 신체 또한 달라졌기 때문이다.

그러한 비밀을 알지 못하는 데이빗으로서는 수현의 동안이 부러우면서도 한편으로는 안타까운 마음도 들었다.

그도 그럴 것이, 수현의 나이는 벌써 20대 후반이다.

그럼에도 남들이 그에 걸맞은 나이로 봐주지 않고 어리다 생각해 무시를 할 가능성이 높기 때문이다.

물론 수현은 아직까지 그런 경험을 해보지 않았다.

그도 그럴 것이, 수현이 군대를 제대하고 처음 가진 직업은 태권도 사범이었다. 그 후에는 당시 최고 스타였던 최유진의 경호원이었다.

그러니 누구에게 무시당하거나 할 입장은 아니었다.

물론 그럴 뻔한 적은 몇 번 있긴 했지만, 실력으로 자신의 존재를 증명하였기에 문제가 되지 않았다.

그 후로는 탁월한 능력을 선보인 덕분에 감히 수현을 무시하는 이는 없었다.

"여보, 뭐 해요?"

데이빗이 멍하니 자신만의 생각에 빠져들어 있자, 에이미가 그를 불렀다.

에이미는 수현의 말대로 잠시 아이들을 수현에게서 떨어트려 놓으려 했다.

물론 아이들이 곧이곧대로 따를 리가 없다.

아무리 부모라 해도 고분고분 말을 들으면 그건 아이가 아닌 법.

조금 전까지만 해도 잘 어울려 주던 사람에게 가지 못하게 하니, 난리가 벌어지는 것 당연한 수순이었다.

결국 두 아이를 감당하지 못한 에이미가 도움을 청하려는데, 남편인 데이빗은 자신만의 생각에 빠져 있는 게 아닌가.

"응, 아무것도 아니야. 왜?"

그런 남편의 모습에 한숨이 절로 나오는 에이미였다.

Chapter 2

김재원 전무가 왔다

[자신의 안위를 돌보지 않고 타인을 위기에서 구했습니다. 선행 포인트 1이 지급됩니다. 선행 포인트는 스탯 포인트와 탤런트 포인트로 변환이 가능합니다.]

수현은 호텔 방에 앉아 시스템 창을 살폈다.

낮에 동물원에서 아이를 구했을 때, 크게 신경을 쓸 수는 없었지만 시스템 알람 소리를 들었다.

자연히 의문이 들 수밖에 없었다.

자신이 생각하기에 레벨업이 되려면 아직 시간이 더 필요하다고 여겼기 때문이다.

그도 그럴 것이, 자신은 얼마 전 시스템이 업그레이드되면서 레벨업을 했다.

더욱이 지난번에 쓴 곡을 판매한 일로 레벨업을 한 번 더 거친 터였다.

그러니 불과 며칠 사이에 레벨업이 될 이유가 없었다.

그게 현재 수현이 생각하는 바였다.

그래서 수현은 시스템 창을 열고 무엇 때문에 알림이 울린 것인지 확인하려 했다.

그런데 그 순간, 시스템 창에 놀라운 것이 눈에 띄었다.

전에 살펴보았을 때는 없던 알림이 떡하니 자리 잡고 있었다.

'선행 포인트?'

수현은 시스템 창에 '선행 포인트' 라고 적힌 것에 의아한 생각이 들었다.

배우고 싶은 것이 많은 수현은 언제나 탤런트 포인트가 부족하다고 느껴왔다. 그러던 차에 포인트를 전환할 수 있는 선행 포인트를 얻게 되어 기분은 좋았지만, 문득 궁금증이 생겼다.

수현은 오늘 자신이 한 행동을 복기하기 시작했다.

'분명 오늘 곰 우리로 내려간 뒤, 아이를 무사히 구하고

나서 알람이 울렸다.'

기억을 되살리다 보니 정확하게 알람이 울린 시점이 떠올랐다.

아이와 구급대원까지 모두 땅 위로 올려 보낸 뒤, 자신도 무사히 곰 우리를 빠져나와 사람들 속에 합류했을 때, 바로 그때 울렸다.

그런데 여기서 의문이 들었다.

사람을 도와 선행 포인트란 것이 올랐다면, 재작년 인도네시아에서 발생한 쓰나미 당시 사람을 구했을 때는 왜 알람이 들리지 않았는지 의아했다.

물론 그때도 레벨업을 하여 포인트를 얻기는 했지만, 그 당시에는 선행 포인트는 나오지 않고 레벨업에 따른 평범한 포인트만 주어졌던 것이다.

두 행위 간의 차이는 오히려 그 당시가 더 위급했다는 것뿐.

그때는 그냥 레벨업에 필요한 경험치가 올랐고, 오늘은 곧바로 포인트가 주어졌다는 것이다.

그것도 평범한 포인트가 아니라 신체 스탯을 향상시킬 수 있는 스탯 포인트나 재능을 구입할 수 있는 탤런트 포인트로 변환이 가능한 포인트로 말이다.

이것이 뜻하는 바는 무척이나 중요했다.

경험치에 의한 레벨업을 하지 않고도 포인트를 얻을 수 있다는 것과 필요에 의해 포인트를 어느 곳에든 사용할 수 있다는 것은 무척이나 큰 의미를 가진다.

물론 수현 스스로가 신체적으로 부족하다고 느끼지는 않지만, 사람 일이란 것은 알 수 없는 게 아닌가. 초인적인 신체 스탯을 가지고 있다고는 하지만, 더 필요할 때가 올 수도 있다.

뭐, 살인 곰이라 불리는 그리즐리 베어, 그것도 다 자란 수컷 그리즐리 베어조차도 기세로 눌러 버리는 수현이 그럴 일이야 있겠느냐마는.

어쨌든 괜히 보너스를 받은 것 같아 수현은 기분이 좋았다.

"치이점은 시스템이 Phase 1과 Phase 2라는 점인데……."

한참을 궁리하다 찾아낸 것은 바로 인생 게임, 스타 라이프의 시스템 업그레이드뿐이었다.

어떤 이유로 그것이 자신의 몸에 적용되고 있는지는 알지 못하지만, 시스템으로 인해 수현은 그동안 많은 이득을 봐 왔다.

평범하던 자신이 스타 라이프 시스템으로 인해 특별해졌다.

영화 속 슈퍼 히어로처럼 사회 정의를 위해 활동하는 것은 아니지만, 현실에서 사람들을 기쁘게 해주는 일을 하고 있으니 그 또한 마찬가지 아닌가 하는 생각을 갖기도 했다.

물론 슈퍼 히어로처럼 세계를 구하는 수준은 아니지만, 그래도 자신이 할 수 있는 역량 안에서 누군가가 도움을 청한다면 기꺼이 도움을 줄 것이고, 또 그래왔다.

2년 전 쓰나미 때, 물에 휩쓸려 가던 정아름을 구한 것도 그런 생각에서였고, 또 돈이 없어 학업을 포기한다는 학생을 위해 도움을 주기도 했다.

사실 수현은 모르고 있는 사실이지만, 그런 행동들이 모이고 모여 인생 게임, 스타 라이프의 Phase가 업그레이드된 것이다.

인생 게임, 스타 라이프라는 이름에 걸맞게 시스템 적용자인 수현이 제대로 활동했기에 시스템이 업그레이드된 것이다.

사실 시스템의 가호를 받는 것은 그 혼자가 아니었다.

한 시대에 따라 적게는 세 명에서 많게는 열 명까지도 시스템의 가호를 받아왔다.

세계적인 종교의 창시자나 국가나 민족을 위기에서 구원한 영웅들이 바로 그들이다.

그들의 일대기를 살펴보면 인간으로서는 감히 상상도 못한 일들을 행했다 전해진다.

불교를 창시한 석가모니가 그러하였고, 크리스트교를 창시한 예수가 그러했다.

민족마다 가지고 있는 전설과 신화에 나오는 영웅들이 그랬고, 한국에도 그러한 존재들이 있었다.

어린 나이에 용력을 발휘하여 맹수를 때려잡고, 달리는 말에서 먼 거리에 있는 적장의 눈을 맞춘다거나 하는 위인들 말이다.

참고로 고대에는 지금과 달리, 16세만 되어도 한 명의 성인으로 취급했다.

열서너 살의 아이도 전시에는 성인으로 취급되어 병사가 되기도 했다.

현대를 빗대어 말하자면, 어린 초등학생이 호랑이나 곰과 같은 맹수를 잡아 죽이고, 또 중학생이나 고등학생 정도의 나이에 전장에 나가 공을 세우거나 국가를 다스리기도 한 것이다.

당연히 현대를 살아가는 사람으로서는 생각하기 어려운

일이다.

하지만 만약 수현처럼 시스템의 가호를 받아 레벨업을 하고, 포인트를 얻어 신체 스탯을 올릴 수 있다면, 결코 불가능한 이야기는 아니었다.

고대에도 뛰어난 문명과 학문이 있었다고는 하지만, 지금에 비하면 야만의 시대라 해도 과언이 아닐 것이다.

강자만이 살아남을 수 있는 적자생존의 삶.

맹수의 위협과 끊임없는 전쟁과 대립, 투쟁 속에 살아가는 시대에서 만약 시스템의 가호를 받게 된다면, 다양한 재능을 익히기보단 신체 능력을 집중적으로 강화하는 방향으로 포인트를 사용했을 것이다.

그러니 비록 어리다 하더라도 맹수를 잡고 전쟁터에서 활약할 수 있을 것이다.

그리고 그러한 이들을 보며 때로는 경외하고, 때로는 시기하던 역사가 흐르고 지금에 이르러선 영웅이나 위인으로 전해지는 것이리라.

그러나 수현은 아직 자신과 같은 사람을 만나지 못했기에 그러한 사실은 알지 못했다.

물론 자신이 시스템에 대해 대내외적으로 언급한다면, 언젠가는 자신과 같은 처지의 사람을 만날지도 모른다.

그러나 세상에 그런 사실이 밝혀진다면, 자신은 물론이고 인연을 맺은 사람들까지 피해를 볼 수 있다는 것을 잘 알기에 그동안 몰래 숨겨왔던 것이다.

물론 그렇다고 해서 선행을 함에 있어서 망설일 이유는 없었다.

다만, 그런 속사정을 모르는 사람들은 수현의 몸을 아끼지 않는 선행에 입을 모아 칭찬하면서도 한편으로는 걱정했다.

그리고 지금 수현을 찾아온 김재원 전무도 마찬가지였다.

킹덤 엔터에서 사장인 이재명을 제외하고 최고 지위에 있는 전무이사가 바로 그다.

아울러 로열 가드 프로젝트를 책임지고 있는 것 또한 그였다.

그런데 오늘 느닷없이 뉴스에서 수현의 소식을 듣게 되었다.

수현은 데뷔 이후 단 한 번도 쉬지 않고 지금까지 달려왔다.

보통 가수나 연예인들은 하나의 스케줄이 끝나면 휴식의 시간을 가지며 다음 활동을 위해 체력과 실력을 가다듬는다.

그에 반해 수현은 왕성한 체력을 바탕으로 오히려 더욱 활발하게 활동했다.

물론 회사 내부적으로 그러한 수현의 활동 탓에 이미지를 너무 빨리 소모하는 것은 아닌가 하는 우려도 있었다.

하지만 그런 우려는 결국 기우에 지나지 않았다.

데뷔 초에는 신인 아이돌로서의 신선하고 참신한 모습을 보여주었고, 어느 정도 이름이 알려진 이후에는 야생마와 같은 역동적인 활약과 더불어 지적인 모습을 보여주며 팬들에게 늘 새로운 모습으로 다가왔다.

거기다 5개 국어 이상을 현지인처럼 구사하는 언어 능력에, 전문 분야에서나 사용할 법한 용어와 지식을 일상 언어처럼 사용하며 해외 팬들에게도 각광받았다.

그런 덕분인지 아직 한류가 전파되지 않은 나라에서도 김치는 몰라도 로열 가드는 알 정도였다.

하지만 호사다마라 했던가.

잘나가는 로열 가드와 수현을… 아니, 그들이 속한 킹덤 엔터를 시기했다고 보는 것이 맞을 것이다. 잘나가도 너무 잘나가는 킹덤 엔터를 고깝게 여긴 이들과 또 자신의 치부가 드러날 위기에 처한 정치인이 합작하여 수현을 해하려 했다.

그 과정에서 수현과 킹덤 엔터는 과감한 선택을 내렸다.

다른 기획사나 연예인 같았으면 있지도 않은 잘못을 사과하며 고개를 숙였을 테지만, 수현은 절대 굽히지 않았다.

오히려 자신을 음해하는 세력에게 정면 대응하며 스트레이트를 날렸다.

국내 활동 중지라는 폭탄선언을 한 것이다.

비록 아쉬움이 남는 결정이긴 하지만, 오히려 수현 개인적인 상황은 더욱 좋아졌다.

사람들은 수현의 활동 영역이 위축될 거라 생각했지만, 오히려 그동안 하지 못한 해외 활동을 많이 할 수 있게 되어 로열 가드나 킹덤 엔터로서는 새로운 지평을 여는 알찬 시간이었다.

그 와중에 수현으로서는 새로운 인연을 맺게 되는 일도 생겼다.

위기에 빠진 여성들을 구하며, 그것이 인연이 되어 본인의 사업을 다시 부활시켰다.

비록 혼자만의 힘은 아니지만, 중국에서 합작을 통해 흐지부지 사라질 뻔한 사업을 다시 일으킨 것이었다.

그리고 그 사업은 지금도 순조롭게 순항 중이다.

물론 중간에 우여곡절도 있었다.

그릇된 판단으로 복수심에 불탄 왕푸첸이 흑사회 조직을 동원해 수현을 습격하였다. 당시 수현은 왕푸첸이 쏜 총에 맞아 부상을 입기도 했다.

그로 인해 로열 가드에 합류하여 컴백 활동을 하기로 한 계획이 무산되었다.

회사에서는 수현에게 이번 기회에 푹 쉬고 오라며 장기 휴가를 주었다.

사실 이것도 킹덤 엔터로서는 무척이나 고심해서 내린 판단이었다.

수현이 활동하는 것과 그렇지 않은 것은 킹덤 엔터의 전체 수익 면에서 엄청난 차이가 있다.

물론 그동안 수현이 활동을 쉰 적이 없어서 정확한 데이터는 없지만, 상식적인 선에서 생각해 봐도 수현이 가지는 파급력은 대단했다.

예전에는 최고의 캐시카우라 할 수 있는 최유진이 킹덤 엔터에 있었지만, 현재 그녀는 은퇴를 한 상황.

당연히 현재 킹덤 엔터에서 가장 돈을 잘 버는 연예인은 수현과 수현이 속한 로열 가드였다.

그래서 수현이 휴식을 취하는 중에도 신경을 많이 쓰고 있었는데, 또 엄청난 일이 벌어지고 말았다.

총상 후유증을 치료하기 위해 장기 휴가를 떠났다고 발표했을 때는 유유자적 휴식을 취할 줄 알았다.

그런데 갑자기 동물원 곰 우리에 뛰어들었다는 뉴스를 접하게 되었으니, 어느 누가 놀라지 않을 것인가.

수현의 소식을 접하자마자 킹덤 엔터의 이재명 사장은 긴급 간부 회의를 열었다.

물론 수현이 한 일은 백번이라도 칭찬받아 마땅할 일이다.

문제는 그 일에 대해 팬들이 어떻게 받아들일지는 전혀 별개라는 사실이다.

그룹 리더인 수현이 요양을 위해 컴백 무대에도 빠졌는데, 갑자기 곰 우리에 뛰어들어 곰과 싸웠다고 하니 어떻겠는가.

민감한 팬이라면 자신을 기만했다고 생각할 수도 있는 일이었다.

위험에 처한 아이를 구하기 위해 피치 못한 행동이었다고는 하나, 사람은 자신이 보고자 하는 것만 보는 경향이 있다.

그러니 킹덤 엔터나 이재명 사장으로서는 이를 그냥 두고 볼 수만은 없었다.

그나마 다행인 것은 뉴스를 접한 팬들의 반응이 그리 나쁘지 않다는 점이다.

아니, 오히려 전보다 훨씬 더 좋아졌다.

부상 후유증이 있음에도 아이를 구하기 위해 위험을 무릅쓴 영웅적인 행동에 팬들은 역시 자신들이 좋아하는 기사단장이라며 환호했다.

물론 그중 몇몇은 수현이 꾀병을 부려 팬들을 기만했다고 댓글을 달았지만, 그런 댓글들은 올라오자마자 수현과 로열가드의 팬들에게 비판의 뭇매를 맞고 글을 내릴 수밖에 없었다.

아무리 익명이 보장되는 인터넷이라고 하지만, 네티즌 수사대의 수사력은 CSI 이상으로 뛰어나 인터넷 망종들의 도발을 그냥 두고 보지 않기 때문이다.

그렇더라도 이재명 사장으로서는 팬들만 믿고 두 손 놓고 있을 수는 없었다.

작년 스캔들 사건 이후로 킹덤 엔터는 악성 댓글을 다는 안티들에게 단호하게 대응하였다.

그 이후로 킹덤 엔터에 속한 연예인들에 대한 악플이 많이 줄어들었지만, 여전히 정신을 차리지 못하는 미꾸라지들은 있기 마련이었다. 하여 이번에는 철저히 명단을 작성하여 검찰에 고소를 하였다.

그와 동시에 킹덤 엔터에서는 수현이 더 이상 사고에 휘말리지 않게끔 누군가 옆에 있어야 한다는 회의 결과를 도출해 냈다. 그 결과, 최종적으로 전담 매니저를 파견 보내기로 한 것이다.

그러다 막바지에 이사급 한 명과 함께 출국하는 것으로 계획이 변경되었다.

그게 어떻게 된 일인가 하면, 수현의 영웅적인 행동이 널리 알려지면서 미국에서 섭외가 들어왔기 때문이다.

해외라고 해도 다 같은 해외가 아니었다. 가까운 일본이나 중국도 아니고, 세계에서 시장이 가장 큰 미국이다.

아무리 지구촌이 일일생활권이라고는 하지만, 미국은 멀어도 너무 먼 나라였다.

그 때문에 물밀듯이 밀려드는 수현에 대한 섭외 요청은 하루 이틀 밤을 지새운다고 해서 해결 가능한 수준이 아니었다.

그러니 결정권을 가진 이사급 이상의 간부가 미국으로 출장을 가야만 했다.

세계에서 가장 큰 시장이긴 하지만, 사장인 이재명은 국내 업무를 내버려 둔 채 시간이 얼마나 걸릴지도 모르는 미국으로 훌쩍 넘어갈 수는 없었다.

그렇다고 아예 관계없는 다른 팀의 이사를 보낼 수도 없는 노릇.

그래서 최종 결정으로 로열 가드 프로젝트를 책임지고 있는 김재원 전무가 가게 된 것이다.

어찌 되었든 수현도 로열 가드 프로젝트의 일원이고 하니, 그와 연관된 업무를 위해선 책임자인 김재원 전무가 나서는 것이 맞았다.

아직 그런 사실을 모르는 수현은 미리 연락받은 매니저가 오기를 기다리고 있을 뿐이었다.

*　　　*　　　*

덜컹.

'어, 도착했나 보네.'

상태창을 확인하고 있던 수현은 문소리가 들리자 매니저가 도착했겠거니 생각했다.

그래서 침실에서 나와 현관문으로 향했다.

그런데 문을 열고 들어오는 사람이 김재원 전무인 것을 보고 깜짝 놀랐다.

"어? 전무님, 여긴 어쩐 일이십니까?"

김재원 전무의 뒤로 매니저 용근의 모습도 보였지만, 일단 어른인 김재원 전무에게 신경을 썼다.

"오랜만이네. 그나저나 이번에도 또 한 건 했던데?"

김재원 전무는 수현이 어리둥절해하자 빙그레 웃으며 인사를 받았다.

"한 건이요?"

수현은 김재원 전무의 말뜻을 곰곰이 생각하다 이내 웃었다.

아마도 자신이 동물원에서 아이를 구한 것을 말하는 듯했기 때문이다.

"요양하라고 기껏 미국에 보내놨더니, 자기 몸 생각도 않고 그런 위험천만한 일을 하면 어떻게 하나?"

김재원 전무의 말투는 분명 수현을 나무라는 것이었지만, 그 속에는 수현의 염려하고 칭찬하는 기색이 역력했다.

오랜 세월 동안 연예계에 종사하면서 김재원 전무는 수많은 연예인들을 봐왔다. 거기에 연륜까지 더하여 정말 다양한 성격을 가진 사람들을 겪었다.

하지만 앞에 있는 수현처럼 자신의 삶을 희생을 남을 돕고 사는 사람은 그리 많지 않았다.

연예인은 비즈니스를 위해 하루에도 수십 명의 사람을 만난다.

그러다 보면 때로는 자신의 성향을 숨겨야 할 때도 있고, 때론 하기 싫은 일도 웃으며 해야만 한다.

이러한 것은 신인 시절에는 잘 포장하고 감출 수 있지만, 대중적인 인기를 얻은 뒤에는 다들 본성을 드러내기 마련이었다.

인기 스타가 되었을 때에도 올바른 인성을 유지하는 연예인들이 국민 동생이니 국민 누나니 하며 친근한 별명으로 대중의 사랑을 받는 이유가 여기에 있다.

물론 그와는 반대로 여기저기 이용만 당하다 환멸을 느끼고 아예 연예계를 떠나는 사람들도 있지만.

수현은 전자에 속했다.

그는 대한민국 최고의 스타 자리에 있으면서도 언제나 한결같은 모습을 보여주었다.

뿐만 아니라 어려운 일에 처해 도움을 청하는 이들이 있으면 그냥 지나치지 않고 항상 도움을 주었다.

물론 정도와 이치에 벗어나지 않는 범위 내에서 손을 써주었다.

일례로 어려운 집안 형편 때문에 대학 진학을 포기한다는 팬의 글을 보고 성적을 인증하면 등록금과 함께 공부를 할 수 있게 장학금을 지급하겠다는 공약을 건 것이었다.

해당 팬은 공약을 이행했고, 수현도 약속을 지켰다.

그 일 이후로 수현과 로열 가드의 이름은 더욱 높아졌다.

물론 이 모든 일은 유명세를 얻고자 사전에 계획한 일이 아닌, 팬 미팅에서 나온 돌발 이벤트였다.

우습게도 수현과 로열 가드가 그러한 일을 하자, 다른 연예인들도 비슷한 이벤트를 따라 하기 시작했다는 것이다.

어떻게 보면 팬들의 인지도를 돈으로 사는 행위처럼 보이기도 하겠지만, 그렇다고 그게 나쁘다 말할 수는 없었다.

그도 그럴 것이, 대한민국에는 아직도 금전적인 문제 때문에 학업을 포기하는 이들이 적지 않기 때문이다. 그러니 비록 유명세를 얻기 위해서라고는 해도 조금의 도움이라도 줄 수만 있다면, 그게 바로 선행이기 때문이다.

그리고 수현은 이러한 일에 언제나 앞장섰다.

2년 전, 인도네시아에서 쓰나미가 발생했을 때도 자신의 목숨을 도외시하고 인명을 구했다.

그 일이 매스컴에 회자되면서 수현은 이전보다 더한 명성을 얻었다.

하지만 그 뒤로도 수현은 전혀 교만해지거나 거들먹거리

지 않았다.

그런 모습을 꾸준히 보여주었기에 자칫 나락으로 떨어질 뻔한, 악의적인 사건들을 겪으면서도 팬들의 믿음에 힘입어 누명을 벗을 수 있었다.

만약 수현이 거짓되고 가식적인 행동을 보였더라면 팬들의 눈에서 벗어나지 못했을 것이고, 수현의 말을 믿기보다는 조작된 이야기를 믿었을 것이다.

작년에 수현이 겪은 스캔들은 그만큼 치밀하고 치명적이었다.

권력과 언론이 연루된 거대한 커넥션이었지만, 음모를 꾸민 이들은 큰 실수를 저질렀다.

수현을 그저 인기만 좋은 연예인이라 오판했고, 그것이 패착이 된 것이다.

평소 수현이 행해온 선행들을 조금만 더 살펴봤다면, 감히 수현을 상대로 그런 황당한 짓은 벌이지 않았을 것이다.

팬이라면 누구나 알 만한 사실도 파악하지 못하고 일을 벌였다는 것이, 이미 그들은 실패를 전제로 달려간 것이나 마찬가지다.

그런 성품을 잘 알기에 김재원 이사가 수현에게 갖는 믿음은 한결같았다.

팬들 역시 비록 수현이 요양한다는 이유로 이번 컴백에 합류하지 않았지만 이해하고, 또 이번에 위험에 처한 아이를 구하기 위해 곰 우리에 뛰어든 것도 당연하게 받아들였다.

자신들이 알고 있는 기사단장, 수현이라면 충분히 그럴 수 있다고 생각하고 있기 때문이다.

오히려 그러한 것을 보고도 외면했다면, 팬들은 수현이 행해온 선행들이 잘 짜인 각본이었다고 의심하며 실망했을 것이었다.

"그런데 전무님이 여기까지 어쩐 일이세요? 설마 여기로 휴가 오신 겁니까?"

수현은 자신에게 흐뭇한 미소를 지어 보이는 김재원 전무를 보며 재차 물었다.

"아니, 네가 벌인 일 때문에 왔다."

"네?"

수현은 김재원 전무의 말에 두 눈을 부릅떴다. 하지만 스스로도 찔리는 바가 있기에 뭐라 말을 하지 못했다.

"이리 와서 이거 좀 봐라."

김재원 전무는 응접실 소파에 앉으며 서류 가방에서 뭔가를 꺼내놓았다.

"그게 뭐죠?"

수현은 김재원 전무의 행동에 고개를 갸웃거리며 서류철을 확인했다.

"조금 전에 말했잖아, 네가 벌인 일 때문이라고."

"음, 설마… 방송 출연입니까?"

"그래. 울프 TV를 포함해 ABC는 물론이고, LA 현지 방송까지 따지면 열 개도 넘는다."

"헉, 정말입니까?"

수현은 자신을 섭외하기 위해 킹덤 엔터로 보내졌다고 추정되는 서류 덩어리를 보며 놀라워하였다. 설마 미국 방송사들이 자신에 대해 그렇게 큰 관심을 갖고 있으리라고는 전혀 상상도 하지 못했기 때문이다.

"그리고 이건 너를 광고 모델로 쓰고 싶다는 계약서다."

이미 지금까지 보여준 것만 해도 엄청난데, 김재원 전무는 쐐기를 박듯 또 다른 서류철을 테이블에 올려놓았다.

그것은 방송 출연 요청서보다 더 두꺼웠다.

그도 그럴 것이, 수현이 이번에 벌인 활약으로 인해 한국은 물론이고, 이곳 미국에 자리하고 있는 기업들도 수현을 섭외하려고 아우성이었다.

사실 미국은 스타 마케팅을 이런 식으로 활용하진 않는다.

미국의 스타들은 이런 광고 자체를 별로 달가워하지 않을 뿐더러, 만약 한다고 해도 섭외 비용이 천문학적인 액수로 책정되는 탓이다.

때문에 광고 업계에서는 유명한 연예인을 쓰기보단 효과는 떨어지더라도 일반인이나 비교적 덜 알려진 신인 연기자들을 이용해 광고를 제작했다.

그럼에도 수현에게 광고 섭외가 들어온 것은, 비싼 돈을 주고 촬영해도 그만큼의 효과가 있다고 판단했기 때문이다.

그들이 보기에 수현은 할리우드가 만들어낸 스크린 속 영웅이 아닌, 진짜 슈퍼 히어로 같은 희생정신을 가진 스타였으니까.

길 가다 어려운 사람을 도운 것도 미담으로 회자되는 세상이 아닌가.

그런데 살인 곰이라 불리는 그리즐리 베어에 맞서 어린아이를 구하기 위해 망설임 없이 몸을 던졌다면 이는 더 이상의 말이 필요 없는 것이다.

섭외만 성공한다면, 제품 판매는 무조건 완판이 장담할 수 있었다.

그런 활약 덕분에 수현은 현재 미국 광고계에 블루칩으로 떠오른 상태였다.

또한 수현이 격투기 선수와 같은 스포츠 스타가 아니라, 가수이자 배우라는 것이 뒤늦게 알려지면서 사람들은 수현의 선행에 더욱 환호했다.

그와 동시에 생명의 위험은 물론이고, 자칫 무형 자산이라 할 수 있는 외모에 치명적인 상처를 입을 수도 있는 상황임에도 위험을 감수했다는 사실에 놀라워하기도 했다.

그 결과, 수현은 물론이고, 킹덤 엔터와 그가 속한 로열가드도 덩달아 주목받으며, 수현이 출연한 드라마 또한 미국 현지에서 관심을 받기에 이르렀다.

그리고 결국 그 관심으로 인해 해당 드라마는 미국에 불고 있는 한드(한국 드라마) 열풍에 편승하는 기적을 보여주었다.

수현이 출연한 문화 TV의 '울프독' 과 처음으로 공동 주연을 맡게 된 STV의 '전쟁의 신 아레스' 가 관심을 받으며 때 아닌 돈벼락을 맞게 되었다.

그뿐만 아니라 얼마 전 텐진 TV에서 방영된 '대금위' 도 덩달아 주목을 받게 되었다.

수현이 해외로 진출하면서 그가 출연한 '울프독' 과 '전쟁의 신, 아레스' 가 괜찮은 수익을 올렸는데, 이번 사건으로 인해 미국에서도 드라마를 수입하겠다는 요청이 들어와 각 방송국에서는 놀라고 있는 중이었다.

이렇듯 수현이 출연한 드라마가 해외에서 좋은 성적을 거두자 그동안 킹덤 엔터 소속 연예인들에 대해 주춤거리던 국내 방송사 섭외도 폭발적으로 늘어나고 있는 추세였다.

아무리 연예계에서 방송국이 갑의 위치에 있다고는 하지만, 이 정도 파급력이라면 갑을 휘어잡는 슈퍼 을이 된 것이나 마찬가지였다.

그러니 방송국에서도 수현에게 잘 보이기 위해 그가 속한 소속사와 그 동료 연예인들을 잘 대접할 수밖에 없다.

그도 그럴 것이, 몇 년 전에 찍은 드라마가 수현이 출연했다는 이유 덕분에 계속 돈을 벌어오고 있으니 당연한 결과였다.

그런 상황이 연날아 벌어지다 보니 작년 킹덤 엔터가 힘들었을 때, 회사와 계약을 해지한 연예인들이 다시 돌아오고 싶다는 의사를 보내왔다.

하지만 이재명 사장이나 이하 간부들은 어려운 시기에 계약을 해지하고 떠난 이들과 재계약을 맺을 생각이 눈곱만큼도 없었다.

아무리 비즈니스를 할 때는 개인 감정을 내세워서는 안

된다고 하지만, 그래도 어려운 시기에 배신을 하고 떠난 이들을 다시 식구로 받아들일 정도로 이들이 무골호인은 아니었다.

물론 금전적인 사정에 의해 어쩔 수 없이 나간 이들도 있을 테지만, 그래도 한 번 마음이 틀어진 상대를 굳이 받아들일 필요는 없었다.

연예 기획사에서 연예인은 무척이나 소중한 존재이고, 기획사는 그들을 최고의 상품으로 만들기 위해 많은 노력을 한다.

그렇지만 기획사에 소속된 매니저나 직원들도 마음이 있고, 감정이 있다.

직원들의 노력에 힘입어 무대에 오른 배우들이 가세가 기울었다는 이유로 소속사를 등지고 떠났을 때의 배신감은 매우 컸다.

이재명 사장은 나쁜 선례를 남길 필요는 없다는 판단하에 이번 기회에 인성이 덜되거나 기회주의자같이 자신의 이익만 추구하는 이들은 계약이 끝나면 재계약을 하지 않을 생각이었다.

또 새롭게 영입하려는 연예인들 역시 그에 대한 부분을 잘 살펴보기로 했다.

"설마… 이걸 다 해야 하는 건 아니죠?"

어찌 됐든 수현은 자신의 앞에 놓인 서류철을 더 이상 살필 엄두를 내지 못하여 물었다.

"다 하면 회사 입장에선 좋겠지만, 치료 목적으로 휴가를 보내고 있는 네 입장을 생각하면 그건 안 될 말이지."

김재원 전무는 수현의 질문에 다시 한 번 빙그레 미소를 지으며 말했다.

"그렇다고 이번 일 때문에 모처럼 사람들의 관심이 쏠렸는데, 아무것도 안 하는 것도 이상하지 않겠어?"

"그건 그렇죠."

수현도 김재원 전무의 이야기에 수긍하였다.

그가 생각하기에도 이번 일은 너무나 많은 사람들의 관심을 끌었다.

2년 전, 인도네시아의 쓰나미 상황에서 정아름을 구했을 때보다 더했다.

그때도 많은 방송사들이 찾아오며 광고 촬영 요청도 들어왔다.

하지만 지금은 그때와 비교할 수 없었다.

그도 그럴 것이, 그 당시 수현과 로열 가드는 데뷔 1년 차 신인 아이돌일 뿐이었다.

수현을 알고, 그가 속한 그룹을 알고 있는 팬이 적을 수밖에 없다.

당연하게도 그중에 미국인은 거의 없던 시기다.

그랬기에 당시에는 그저 잠깐 떴을 뿐이지만, 지금은 아니다.

총기 난사 같은 암울하고 불행한 사건 사고 소식들이 뉴스를 메우는 시기에 수현의 선행은 파급력이 대단했다.

부정적인 뉴스들만 접하던 사람들에게 스크린 속의 슈퍼히어로와 같은 사람이 실제로 존재한다는 것을 알린 사건이기 때문이다.

더욱이 수현은 모델을 했을 정도로 신체 비율이나 외모가 뛰어났다.

완벽한 신체 비율에 조각 같은 외모, 거기다 희생정신까지 갖추고 있으니, 그야말로 스크린 속 슈퍼 히어로나 다름없었다.

영웅을 좋아하고 열광하는 미국인들에게 비록 자국민은 아니지만, 수현은 이미 슈퍼 히어로와 동격이었다.

그렇기에 수현을 찾는 이들이 많을 수밖에 없었다.

거기다 계약에 민감할 수밖에 없는 연예인 신분의 수현이 방송사들의 인터뷰나 방송 출연 요청을 거절하니 더욱 몸이 달아오를 수밖에 없었다.

결국 그들은 수현의 소속사인 킹덤 엔터로 공문과 함께 출연 조건에 대한 대가를 담은 계약서를 보냈다.

그러다 보니 킹덤 엔터에서는 때 아닌 수현의 강제 해외 진출에 난리가 나면서 급하게 김재원 전무가 오게 된 것이었다.

"너만 좋다면 울프 TV에서는 네 미국 활동을 적극적으로 돕겠다고 하더라."

울프 TV는 울프 미디어 그룹 산하의 TV 방송국으로, 울프 미디어 그룹은 자산 규모만 해도 10조 달러가 넘어갈 만큼 엄청난 거대 그룹이다.

그 산하에 방송국은 물론이고, 영화 제작사와 배급사를 포함해 신문사까지 있으며, 세계적인 영화 산업에 있어서도 상당한 지분을 가지고 있는 그룹이기도 했다.

일단 킹덤 엔터로서는 울프 TV의 제안이 결코 싫지 않았다.

로열 가드의 인기가 올라가면서 이제는 아시아에서만 활동할 것이 아니라, 전 세계를 무대로 활동할 시기가 왔다고 판단한 것이다.

전 세계 연예인들의 마음속에는 하나의 나라가 있다.

바로 미국이다.

연기자든 가수든 간에 연예계 종사자들은 누구나 미국에 진출하는 것을 최고 목표로 삼고 도전한다.

미국에는 세계 영화 산업을 주도하는 할리우드가 있고, 또 음악이나 음판 분야에는 빌보드가 있다.

배우라면 할리우드에서 제작되는 영화에 주연으로 출연하는 것이 최고의 목표이고, 가수라면 빌보드에 자신의 노래를 올리는 것이 꿈이란 소리다.

물론 세계의 산업을 이끌어간다고 자부하는 할리우드의 진입 장벽을 넘는 것은 결코 쉽지 않다.

은연중에 인종차별도 있고, 또 외국인에 대한 차별도 있다.

하지만 그럼에도 전 세계적으로 인정받는 무대가 바로 미국이다.

그러니 이재명과 이하 임직원들도 아시아에서 최고의 주가를 날리고 있는 로열 가드를 미국이란 거대 시장에 도전시키는 것에 긍정적이었다.

이는 비단 그들만의 독선적인 욕심이 아니었다.

수현도 언젠가는 자신이 속한 로열 가드와 함께 빌보드 정상에 서고 싶다는 꿈을 가지고 있었다.

그런데 방금 김재원 전무에게 그와 관련된 희망적인 이야기를 듣게 되었다.

"울프 TV에서 그런 조건을 걸었다는 말이 사실입니까?"

도저히 믿을 수 없는 이야기에 수현은 재차 물었다.

"그래, 사실이다. 그러니 울프 TV와의 인터뷰는 꼭 했으면 한다."

"물론이죠. 그런 조건이라면 지금 당장이라도 할 수 있습니다."

"야, 그래도 그건 너무 싸 보이잖아."

"네? 하하!"

Chapter 3

데일리 카슨 쇼

조용한 분장실.

지금 수현은 인터뷰를 앞두고 메이크업을 받고 있었다.

예정에 없던 스케줄이라 미처 전담 메이크업 아티스트를 데려오지 못했다. 그래서 현지에서 메이크업 아티스트를 급하게 섭외하느라 상당한 비용이 들었다. 어중이떠중이를 고용할 순 없기에 비싼 돈을 주고서라도 전문가를 구한 것이다.

그나마 에이미의 소개로 할리우드에서 유명한 메이크업 아티스트를 구할 수 있게 되어 다행이었다.

그런데 수현은 메이크업을 받으면서 답답함을 느꼈다.

이는 한국과 미국이 선호하는 화장법이 다른 탓이다.

한국은 피부 톤을 밝고 화사하게 하여 나이보다 어려 보이게 하는 반면, 미국에서는 피부 톤을 짙게 하여 이목구비의 윤곽을 강조해 성숙한 이미지를 만든다.

그러다 보니 한국에서보다 화장의 두께가 더 두꺼울 수밖에 없었다.

사실 수현은 화장하는 것을 그리 좋아하는 편이 아니다.

방송할 때나 화보를 찍을 때도 가볍게 기초화장만 하는 편인 그에게 할리우드식 두꺼운 화장은 답답함을 느끼게 만들었다.

하지만 로마에서는 로마의 규칙이 있는 것이고, 메이크업 아티스트도 미국의 방송에 최적화된 화장법을 하는 것이니 이를 두고 불평할 수는 없었다.

"형, 답답하시더라도 좀 참아요."

수현의 불편한 마음을 눈치챘는지, 용근이 얼른 곁으로 다가와 다독였다.

"……응."

수현도 방송을 한두 번 하는 것이 아니니 이런 것쯤은 참을 수 있었다.

인터뷰를 하지 않을 거라면 모르겠지만, 이미 계약서에 사인한 상태이니 참고 기다렸다.

"와우, 그뤠잇!"

수현의 메이크업을 하던 아티스트는 작업을 끝내고 뒤로 물러나서 자신도 모르게 작게 감탄성을 터뜨렸다.

자신의 실력에 자화자찬한다는 의미보다는, 수현에게 한 메이크업이 그동안 자신이 해온 그 어떤 메이크업보다 잘되었기 때문이다.

"정말 미남이시네요."

마리 로즈는 수현을 보며 연신 감탄하며 칭찬을 늘어놓았다.

"여태껏 많은 사람들을 봐왔지만, 당신처럼 잘생긴 사람은 손에 꼽을 정도예요. 그리고 그중에서도 당신이 단연 톱이에요, 미스터."

쪽!

수현에게 윙크하며 손 키스를 날린 마리 로즈는 그대로 자리를 떠났다.

"와!"

용근은 자신도 모르게 탄성을 질렀다.

"서양에선 동양인의 얼굴이 먹히지 않는다 하던데, 그것도 사실은 아닌가 보네요."

"잘생긴 사람은 동서양을 떠나 전 세계의 여자들에게 관심받잖아.”

“아, 형. 방금 좀 재수 없던 것 알아요?”

“뭐가?”

“음, 그래도 제가 그 말을 반박할 수 없다는 것에 절망했지만 말이에요. 크크.”

힐끗, 수현을 향해 눈을 한 번 흘긴 용근은 이내 자조적으로 웃었다.

“미스터 정, 10분 뒤 녹화 시작합니다. 준비해 주십시오.”

수현과 용근이 농담을 주고받으며 장난을 치고 있을 때, 울프 TV의 방송 스텝이 다가와 말을 건넸다.

“자, 이제 시작이네. 얼른 갔다 올 테니, 넌 굳이 나오지마.”

“네, 다녀오세요.”

매니저의 역할이란 담당 연예인을 보좌하는 것이다.

하지만 용근은 중국에서는 수현을, 한국에서는 로열 가드 멤버들을 따라다니며 바쁜 스케줄을 소화하느라 여태껏 단 하루도 제대로 쉬지 못했다.

그런데 이번에 또다시 수현이 이곳 LA에서 사고를 치는 바람에 급하게 미국으로 날아와야 했다.

그런 이유로 알게 모르게 피로가 많이 쌓여 있었다.

그걸 알기에 수현은 굳이 인터뷰를 하는 자리에까지 따라올 필요 없다며, 그냥 대기실에서 쉬라고 말을 한 것이다.

용근을 떼어놓은 수현은 스텝을 따라 인터뷰가 진행될 스튜디오로 갔다.

스튜디오 안에는 이미 많은 사람들이 모여 있었다.

울프 TV의 촬영 스텝들과 쇼를 보기 위해 티켓을 구매해 들어온 방청객들이었다.

그리고 무대 위에는 울프 TV 간판 토크쇼의 진행자인 데일리 카슨이 앉아 있었다.

그는 올해 52살의 나이로, 울프 TV에서 자신의 이름을 걸린 토크쇼를 13년째 해오고 있는 베테랑 진행자였다.

"오늘 제가 여러분께 소개할 게스트는 평상시에는 정체를 숨기고 평범한 사람처럼 살다가, 위기에 처한 사람이 도움을 청하면 그 모습을 드러내 구해주는 슈퍼맨 같은 사람입니다. 다들 아시겠지만, 얼마 전, 위험에 처한 어린이를 살인 곰으로부터 구해낸 영웅을 모셨습니다."

데일리 카슨은 수현을 장황한 설명으로 포장하며 관객들의 기대감을 한껏 끌어 올렸다.

“여러분, 박수로 현실의 영웅을 환영해 주시기 바랍니다. 미스터 정수현, 나와주세요!”

그러면서 분위기가 달아오르자 무대 옆 복도에서 대기하고 있던 수현을 가리키며 소리쳤다.

무대 옆에서 대기하던 수현은 데일리 카슨이 자신을 소개하는 과장된 멘트에 얼굴이 살짝 화끈거렸다.

자신을 너무 띄워주는 그의 말에 민망한 기분이 든 탓이었다.

자신이 한 일이 이렇게 사람들에게 떠벌려진다는 것이 못내 부끄러웠지만, 마음 한편으론 사람들에게 희망을 주었다는 것에 기쁘기도 했다.

“와아!”

짝짝짝짝!

수현이 모습을 드러내자 방청석에 있던 사람들은 일제히 커다란 환호와 함께 자리에서 일어나 영웅을 맞이하듯 기립박수를 쳤다.

“이제 들어가셔서 방청객들에게 인사를 하시면 됩니다.”

옆에 있던 스텝이 고개를 끄덕이며 수현에게 신호를 보냈다.

“네.”

짧게 대답을 한 수현은 무대 위로 힘차게 걸어갔다.

"와아!"

수현이 걸어 나오자 방청객들이 조금 전보다 더 큰 목소리로 환호했다.

"오우, 저희가 드디어 인간이 아니라 그리스 조각상을 초대하는 것에 성공했습니다!"

데일리 카슨은 수현이 무대 위에 오르자 더욱 과장된 표현으로 방청객들을 향해 소리쳤다.

"하하하하!"

그의 말에 방청석에서 일제히 커다란 웃음이 터졌다.

수현도 어이가 없어 실소를 흘렸다.

"워워, 진정해."

데일리 카슨은 갑자기 자신의 가슴을 부여잡으며 이야기하였다.

"전 분명 스트레이트인데, 수현의 미소를 보고 순간 커밍아웃을 할 뻔했습니다."

"하하하!"

수위 높은 발언을 재치 있게 유머로 승화시킨 그의 언변에 사람들은 재밌어하며 환호했다.

"제가 이름으로 불러도 실례가 되진 않겠죠?"

데일리 카슨은 이미 수현이 나왔을 때부터 이름으로 불렀으면서 뒤늦게 양해를 구하는 척을 했다.

하지만 너무도 자연스러운 태도에 수현은 흔쾌히 허락하였다. 어차피 한국을 비롯한 동양권에서는 나이가 많은 사람에 대해 존중하는 문화가 있기에 그리 불쾌할 일은 아니었다.

"괜찮습니다. 편하게 불러주십시오."

"하하, 역시 잘생긴 사람은 마음도 넓습니다. 그렇지 않습니까, 여러분?"

"네!"

"그런 의미에서 저도 마음이 참 넓습니다."

"우우!"

"아니, 그 야유는 뭡니까? 제가 마음이 넓지 않다는 말입니까?"

"마음은 넓은데, 잘생기진 않았다는 말이지."

언제 나왔는지 데일리 카슨 쇼의 보조 진행자 샘 앤더슨이 그의 말을 받아넘겼다.

"하하하!"

두 사람이 주고받는 썰렁한 만담에 방청석에서는 여지없이 웃음소리가 흘러나왔다.

울프 TV의 데일리 카슨 쇼는 한국의 토크쇼와는 조금 다른 느낌이었다.

한국의 토크쇼는 무언가 점잖은 느낌으로 게스트의 이야기를 듣는다면, 데일리 카슨 쇼는 게스트를 초청해 함께 웃고 떠드는, 마치 오랜 친구와 선술집에서 밀린 이야기를 주고받는 느낌으로 진행되었다.

그러다 보니 수현은 자신도 모르게 데일리 카슨 쇼에 빠져들었다.

"와우, 어떻게 그런 행동을 할 수 있는 거죠?"

데일리 카슨은 2년 전, 인도네시아 쓰나미 발생 당시에 수현이 정아름을 구한 이야기를 듣고는 매우 놀라워했다.

이미 수현에 관한 에피소드들을 방송 시작 전에 듣기는 했지만, 현장에 있는 방청객이나 시청자들을 위해 처음 듣는 척 연기를 하는 것이다.

하지만 베테랑 쇼 진행자이다 보니 그 사실을 모르는 사람들은 정말로 놀랐다고 생각할 정도로 리액션이 무척이나 자연스러웠다.

"하하, 제 이야기가 어떻게 들릴지는 모르지만, 사실 그런 것은 머리로 생각한 행동은 아니었습니다. 그냥 눈앞에 도움을 청하는 사람이 있으면 무의식적으로 행동하는 것입니다."

"아, 본능적으로 그러한 선행을 했다는 말이죠?"

데일리 카슨은 수현의 대답 중 선행이란 말을 유독 강조하며 이야기했다.

자신의 얼굴에 그야말로 금칠을 해주는 데일리 카슨의 말에 수현은 살짝 쑥스럽다는 미소를 지었다.

"오우, 이런! 대재앙에 맞서 팬을 구하고, 살인 곰도 물리친 슈퍼 히어로가 부끄러워하고 있습니다, 여러분."

"하하하하!"

짝짝짝짝!

옆에서 멋쩍어하는 수현을 모습을 지켜본 샘 앤더슨은 얼른 드립을 치고 나오며 방청객들의 박수 호응을 유도했다.

오늘 데일리 카슨 쇼를 방청하는 사람들도 쇼의 진행 분위기를 잘 알고 있어 마치 톱니바퀴가 맞물려 돌아가듯이 샘 앤더슨의 신호가 떨어지기 무섭게 환호성과 함께 박수를 쳤다.

'이런 방송도 있구나.'

한국에서는 토크쇼를 할 때 사전에 방청객들에게 신호를 보내면 박수를 치고 환호성을 지르라고 미리 언질을 준다.

그런데 수현이 본 데일리 카슨 쇼는 그러한 신호도 없이 방청객들이 전부 연습이라도 한 듯 눈치채지 못할 정도로 완벽하게 진행을 도와주고 있어 새삼 놀라웠다.

"그런데 저희 제작진이 조사한 바에 의하면, 미스터 수현은 한국에서 군대도 다녀오고, 또 한때는 톱스타의 경호원으로 근무도 하셨던 것으로 나오는데… 설마 당신은 정말 슈퍼맨처럼 외계에서 온 슈퍼 히어로인가요?"

샘 앤더슨은 제작진이 사전에 알려준 수현의 정보를 떠올리며 물었다.

겉으로 보이는 수현의 나이는 이제 겨우 10대 후반으로 보였기 때문에 지금껏 해온 일들이 쉽사리 믿기지 않는 탓이었다.

조금 더 과장한다면 고등학생까지로 볼 수 있는 외모이기에 샘 앤더슨은 수현이 4년 차 연예인인데다, 심지어 군 복무를 마치고 경호원 경력도 있다는 게 정말 놀라웠다.

"하하, 절 어리게 봐주셔서 감사합니다. 미국에선 어떻게 느낄지 모르겠지만, 한국에서 나이가 어려 보인다는 말은 여성에게 아름답다고 하는 말과 비슷한 칭찬입니다."

수현은 앤더슨의 질문에 미소를 지어 보이며 이야기를 시작했다.

"아, 그래요. 좋은 정보 감사합니다."

"아니, 카슨. 왜 당신이 수현의 이야기에 감사하는 것이죠? 혹시 이번에 꼬시고 있다는 여성이 한국인인 겁니까?"

"하하하, 노코멘트."

데일리 카슨과 샘 앤더슨의 어설픈 만담을 또다시 터져 나왔다. 분명 유치하기 짝이 없는 만담이지만, 두 사람의 호흡이 척척 맞아 전혀 어색하지가 않았다.

그 모습이 수현이 보기에는 무척 좋았다.

사실 조금 보수적인 한국 방송계에서는 아슬아슬한 수위였을지도 모른다. 여성 차별적인 발언으로 들릴 수도 있는 발언이었기 때문이다.

하지만 이곳은 미국이고, 이런 수준의 농담은 방송에서 흔히 있는 일상이었다. 이를 시청하는 시청자나 방청객들은 오히려 두 사람의 상황극과 만담에 즐거워하였다.

듣는 이가 농담으로 받아들일 수 있는 정도의 성적 이야기는 재미로 받아들일 수 있는 분위기였다.

"하하, 두 분의 관계가 무척이나 친해 보입니다. 혹시……."

수현은 두 사람의 만담에 자신도 뛰어들었다.

처음 등장했을 때, 데일리 카슨이 자신을 보며 가슴에 손을 얹으며 했던 말이 떠올리기라도 한 듯 일부러 끝말을 흐렸다.

"오우, 노! 전 스트레이트입니다. 여자 무지 좋아합니다. 오해하지 마세요."

데일리 카슨은 수현이 말한 의도를 금방 캐치하고 얼른 부정을 하였다.

"응, 뭔데?"

하지만 샘 앤더슨은 영문을 모르겠다는 듯 데일리 카슨에게 물었다.

"하하하하!"

그 모습이 더욱 코믹하게 그려지는 바람에 방청석에서 사람들이 일제히 박장대소했다.

그들은 처음부터 모든 진행 과정을 지켜본 터라 방금 전 수현이 데일리 카슨을 보며 말한 의도를 바로 알아차렸다.

하지만 앤더슨은 딴청을 피우다 그 상황을 인지하지 못했고, 엉뚱한 질문을 하자 방청객들은 그 상황이 너무나도 웃기게 느껴진 것이었다.

앤더슨이 영문을 모르겠다는 얼굴로 주위를 두리번거리자 데일리 카슨은 이마를 짚고 고개를 흔들었다.

그런데 그 모습이 더욱 희화적이라 방청석에서는 연신 웃음소리가 끊이지 않았다.

'미국의 토크쇼라고 해서 긴장을 했는데, 생각보다 재밌고 편하네.'

사실 울프 TV의 인터뷰 제안을 수락했을 때, 토크쇼를 겸하는 인터뷰라는 사실에 깜짝 놀랐다.

그저 한국의 인터뷰와는 뭐가 다를까 하는 순수한 호기심에 승낙한 것인데, 그것이 설마 유명한 데일리 카슨 쇼에 출연한다는 사실을 뒤늦게 알게 된 탓이었다.

그 때문에 수현은 자신이 출연하기로 한 데일리 카슨 쇼에 관해 알아보았다.

미국에는 유명인이 자신의 이름을 걸고 하는 TV 쇼가 정말 많았다.

땅도 넓고 각 주마다 방송국도 여럿이다 보니 그런 것 같았다.

그중에서도 데일리 카슨 쇼는 미국 전역으로 송출되는 전국구 TV 쇼였다.

수현은 자신이 출연했을 때를 대비해 데일리 카슨 쇼의 방송 분량을 보며 분위기를 캐치했다.

그런데 방송으로 봤을 때도 재밌었지만, 직접 출연해서 이야기를 나누니 더 재미있었다.

"하… 샘, 자네가 자꾸 그러니 팬들이 나를 소수성애자라고 오해하잖아."

계속해서 어리둥절한 표정을 짓고 있는 샘 앤더슨의 모습에 결국 포기했다는 제스처를 취하며 데일리 카슨이 말했다.

"어? 자네, 남자 좋아했어? 어어, 가까이 오지 마."

뒤늦게 무슨 상황인지 깨달은 샘 앤더슨은 순발력 있게 시청자들이 오해하고 있는 부분을 더욱 강조하듯 그의 곁에서 뒷걸음질 치며 멀어졌다.

의자를 들고 데일리 카슨에게서 멀어지는 샘 앤더슨의 모습에 다시 한 번 방청석에서 뒤집어지는 웃음소리가 터져 나왔다.

"와하하하!"

데일리 카슨은 방청객들의 웃음소리가 커지자 잠시 그들이 진정할 때까지 조용히 기다렸다.

한국이라면 제작진이 나서서 방청객들의 반응을 제제할 테지만, 데일리 카슨 쇼의 제작진은 그러지 않았다.

어차피 생방송으로 나가는 것이니 굳이 그런 것을 신경 쓸 필요가 없는 것이다.

물론 심각한 문제가 발생한다면 적절하게 개입을 하겠지만, 지금은 그럴 정도는 아니었다.

"자자, 이제 어느 정도 진정들 되신 것 같으니 다시 한 번 오늘의 손님인 슈퍼 히어로, 정수현 씨에게 질문하겠습니다."

데일리 카슨이 살짝 과장스럽게 수현에게 질문하자 여지없이 방청석에서 웃음소리가 터졌지만, 그것은 쇼를 진행하는 데 전혀 지장을 주지 않았다.

"상당한 동안이신데, 나이가 어떻게 되기에 그런 다양한 직업을 가지게 되신 겁니까?"

수현은 군 복무를 마치고 짧지만 태권도 사범이란 직업도 가졌다. 그뿐만 아니라 보디가드로 톱스타를 경호한 기간도 1년 이상이었다. 그러니 생긴 것과 달리 어느 정도 나이를 먹은 수현이었다.

"예. 한국 나이로는 스물여덟 살이고, 미국식으로 따지면 26년 8개월 되겠네요."

수현은 잔잔한 미소를 지으며 대답을 이어 나갔다.

"아는 분들도 계시겠지만, 제 고국인 대한민국은 조금 특수한 상황에 처한 나라입니다."

수현은 자신을 비추는 카메라를 바라보며 이야기를 시작했다.

대한민국이 현재 처한 정치적 현실.

오랜 식민 통치의 시기와 강대국의 논리에 의해 분단된 과거. 이후 민족 간에 끔찍한 전쟁을 치렀고, 현재는 휴전 상태라는 현실을 알려주었다.

한국의 역사에 대해 어느 정도 알고 있는 이들은 고개를 끄덕였고, 한국의 역사를 전혀 모르던 사람들은 눈을 크게 뜨며 수현의 이야기에 귀를 기울였다.

"그런 까닭에 대한민국 국적을 가진 남성이라면 누구나 나라를 지킬 국방 수호의 의무를 지게 됩니다."

"와우!"

국방의 의무라는 말에 방청석에서 감탄이 터졌다.

미국의 군대는 징집이 아닌 모병제로 이루어져 있다.

자신이 희망하고 지원해야 가는 곳이 군대인 것이다.

그렇다고 아무나 갈 수 있는 곳도 아니다. 나름의 체계와 기준이 잡혀 있어 그 조건을 충족시켜야만이 입대가 허락된다.

그렇기에 미국인들이 생각하는 군대는 숭고한 희생정신을 가진 이들이 스스로를 희생해 국가와 국민들에게 봉사하는 곳이다.

그런 생각들이 미국인의 머릿속에 깔려 있기에 군인들에 대한 예우는 세계 제일이라 할 수 있었다.

더군다나 수현은 미국에서 어린아이를 구하기 위해 망설임 없이 곰 우리 속으로 뛰어든 사람이었다.

방청객들은 국적과 인종을 떠나 수현의 영웅적인 행보에 존경을 표하며 박수갈채를 보냈다.

짝짝짝짝!

"와우, 오늘은 박수 소리가 유난히 큰 것 같습니다."

샘 앤더슨은 수현의 이야기에 감명받은 것인지 유독 큰 목소리로 카메라를 보며 이야기했다.

"감사합니다. 그럼 이야기를 계속하죠."

수현은 샘 앤더슨과 자신을 향해 박수를 쳐주는 방청객들에게 고개 숙여 감사를 표했다.

그러면서 자연스럽게 중단되었던 이야기를 다시 이어 나갔다.

"경호원 업무는 군대 동기의 소개로 하게 되었습니다. 당시 신변에 위협을 받는 연예인이 있다는 말을 듣고 조금이나마 도움이 될 수 있었으면 하는 바람에서 시작되었지요."

"아, 그게 바로 미스터 수현이 보디가드가 된 계기였군요. 그런데 저희가 듣기로는 그분을 통해 연예인이 되었다고 하던데, 사실입니까?"

데일리 카슨은 이제 본격적인 수현의 연예계 이야기가 시작되는 순간이라 일부러 끼어들며 질문을 던졌다.

"네. 제게는 좋은 스승과도 같은 분이죠."

지금은 깨달음을 통해 실연의 아픔을 털어낸 상태이기에 최유진과 관계된 이야기를 편하게 할 수 있었다.

보통 오랫동안 지속된 상태에서 그 관계가 단절되면, 그 기간에 비례하여 후유증이 발생한다.

그런데 수현은 지금까지 그런 경험이 없었다.

오랜 기간 사귀었던 안선혜가 군대 이등병 시절에 일방적인 이별 통보를 했을 때도 심각하게 괴로웠다.

다만, 실연으로 인해 우울해하기도 전에 그날 밤 낙뢰를 맞았고, 회복 과정과 사고 후유증 때문에 시간이 빠르게 흘러 이별에 대한 아픔이 무디게 느껴졌을 뿐이었다.

반면, 최유진과의 관계는 애매했다. 연애라기보다는 엔조이에 가까웠다.

물론 수현은 그녀와의 관계를 진지하게 생각하고 있었다.

그랬기에 미국으로 건너간 최유진이 다른 사람과 재혼한다는 소식을 들었을 때, 그는 억장이 무너졌다.

가까스로 마음을 수습하고 결혼식에서 그녀를 보았을 땐 평정심이 깨졌었다.

그래서 피로연이 벌어지고 있는 그 자리를 뛰쳐나오지 않았던가.

하지만 그 괴로움도 하루를 넘기지는 못했다.

수현이 안선혜와 최유진을 가볍게 만난 것은 아니다.

두 사람 다 결혼까지 생각한, 진실한 사랑이란 것을 느낀 연인이었다.

안선혜와의 일은 인생이 뒤바뀐 큰 사고 때문이라고 쳐도, 최유진에 대한 마음이 바뀐 것은 사실 정상적인 반응은 아니었다.

하지만 피로연장에서 뛰쳐나온 수현에게 닥친 일은 군대에서 낙뢰를 맞은 일에 비견되는 일이었다.

인생 게임, 스타 라이프가 Phase 1에서 Phase 2로 업그레이드된 것이다.

그 영향인지 수현은 자신을 보다 객관적으로 바라볼 수 있었다.

그렇게 객관적으로 자신과 최유진의 관계를 되짚어보니, 이전에 생각할 때와는 전혀 다른 결론을 내리게 되었다.

결국 깊은 고민 끝에 한때 자신이 사랑한, 그리고 자신을 사랑해 준 최유진의 앞날을 위해 그녀를 마음속에서 놓아주기로 한 것이다.

그런 깨달음을 얻은 뒤라 이제는 홀가분하게 그녀에 관한 이야기를 할 수 있었다.

"그분의 화보 촬영장에 갔는데, 당시 상대 모델이 불의의 사고로 오지 못해 촬영이 무산될 뻔했습니다."

마치 소설 같은 이야기에 듣는 데일리 카슨이나 샘 앤더슨, 그리고 방청객들은 조용히 귀를 기울였다. 마치 한마디라도 놓치지 않겠다는 태도였다.

"설마, 당신이 경호원이었던 당신이 모델의 대타를 한 것입니까?"

그때, 앤더슨이 수현의 뜸들이는 태도에 도저히 참지 못하고 먼저 질문을 꺼내고야 말았다.

하지만 어느 누구도 그의 성급함에 지적하는 사람은 없었다.

그도 그럴 것이, 사실 그들도 빨리 이야기를 듣고 싶기 때문이었다.

"하하, 네. 당시 자리에 있던 포토그래퍼가 제 모습을 보더니 그런 제안을 하더군요. 하지만 전 보디가드로서의 임무를 내세워 제안을 거절했습니다."

"아……."

수현이 거절했다는 이야기에 안타까운 탄성이 여기저기서 흘러나왔다.

하지만 그것도 잠시.

누군가 그러지 않았는가. 사람의 말은 끝까지 들어봐야 한다고.

"그런데 당시 의뢰인이었던 최유진 씨의 권유로 어쩔 수 없이 촬영을 하게 되었는데, 화보의 반응이 너무 좋아 그 뒤로 보디가드 계약을 해지하고 모델 활동을 하게 되었습니다. 당시 계약한 에이전트가 바로 현재의 제 소속사입니다."

그 말에 방청객에서는 환호성이 들려왔다. 마치 영화의 한 장면 같은 이야기인 탓이었다.

수현의 말이 끝나기 무섭게 다시 앤더슨의 질문이 날아왔다.

"그럼 그때 경호를 맡은 그분과 같은 회사에 소속된 것입니까?"

"네. 그 과정에서도 많은 도움을 받았습니다. 한국에서는 계약을 할 때, 회사가 좀 더 유리한 위치에 있어 법을 잘 알지 못하는 신인으로서는 불공정한 계약을 맺게 되는 경우도 많습니다."

수현은 한국 연예계에 대한 부정적인 면을 꾸밈없이 사실대로 털어놓았다.

사실 이곳 미국에서도 연예계 계약이 모두 공정하다고는 볼 수 없다.

어느 나라든 신인들의 계약은 불공정한 면이 있다.

모르면 당하는 것은 어디나 똑같기 때문이다.

그러다 경험이 쌓이고 몸값이 높아지면서 점점 공평하게 바뀌어가는 것이다.

하지만 수현은 최유진의 도움으로 처음부터 불공정 계약을 맺지 않아도 되었다.

물론 인생 게임, 스타 라이프의 영향으로 명석해진 두뇌 덕분에 계약서의 불공정 요인을 꼼꼼히 살피며 피해갔기에 가능한 일이기도 했다.

이어 수현은 늦은 나이에 아이돌 그룹 멤버로 발탁된 이야기도 하였다.

로열 가드의 탄생 비화를 들은 방청객들은 물론이고, 이를 카메라에 담고 있던 제작진들도 모두 놀라워하였다.

사실 모델은 외모만 그럴듯하면 충분히 가능하다.

물론 깊게 들어가면 모델 또한 치열한 경쟁과 공부가 필요하겠지만, 연예인은 차원이 달랐다. 단순히 빼어난 외모만으로는 할 수 없는 직업인 것이다.

특히 아이돌은 비주얼뿐만 아니라 노래, 그리고 춤까지

모든 것을 완벽하게 소화해 낼 수 있어야 한다.

그렇기에 우상이란 뜻의 단어를 쓰는 것이다.

아이돌이란 게 한국에서야 그저 어린 청소년들의 문화를 대변하는 정도에 그치지만, 이곳 미국에서는 그렇지 않았다.

한국처럼 10대들의 우상이 있고, 20대, 30대들에게도 우상이 있다.

아이돌 문화가 결코 특정 집단만의 문화가 아닌 것이다.

그렇기에 연예인이 된 지 몇 달 만에 춤과 노래를 완성하고, 아이돌 그룹으로서의 성공적인 데뷔를 했다는 것에 사람들은 놀라워하였다.

그리고 무엇보다 신기하게 여긴 것은 팬 미팅이란 행사인데, 스타와 팬이 한자리에서 이야기하고 그들만의 축제를 벌인다는 것에 생소하면서도 신기하게 느껴지는 듯했다.

스타가 팬들에게 서비스하는 것은 물론이고, 스타가 자신이 좋아하는 팬을 기쁘게 하기 위해 공연을 준비한다는 이야기를 들었을 때는 그야말로 신선한 충격이었다.

엔터테인먼트가 최고로 활발한 곳이 이곳 미국이라 생각했는데, 그런 것은 아직 없기 때문이다.

그 때문인지 방청석에서는 뭔가 아쉬움이 담긴 탄성이 흘러나왔다.

"한국은 들으면 들을수록 어메이징한 나라군요. 이것참, 한국인들이 부럽습니다."

데일리 카슨은 한국의 연예계와 팬 문화에 대한 이야기를 듣고 순수하게 감탄하며 말했다.

"아마 데일리, 당신의 쇼를 한국인들이 알게 된다면 엄청난 일이 벌어질 것이라 생각합니다."

"네? 그게 무슨 말씀이시죠?"

데일리 카슨은 눈을 동그랗게 뜨며 물었다.

그런 데일리 카슨의 모습에 수현은 빙그레 미소 지으며 대답하였다.

"한국인들은 흥이 많고, 다른 사람의 이야기에 귀를 기울이는 사람들이 많습니다. 당신의 자연스럽고 매끄러운 쇼 진행은 한국인들의 정서에 무척이나 잘 맞을 것 같아 드린 말씀입니다."

수현은 자신의 생각을 첨부하여 설명을 이어 나갔다.

"혹시 이곳 LA를 연고로 하는 야구팀 이야기를 들어보신 적 없으신가요? 한국인 팀원과 함께 찍은 사진을 SNS에 올렸다가 한국의 팬들에게 과자 폭탄을 받은 이야기 말입니다."

수현은 MLB 소속 프로 야구팀인 LA 다윈스에 진출한 한국인 투수와 팀원이 함께 한국 과자를 먹고 있는 사진이 SNS에 올라오면서 벌어진 해프닝에 관한 이야기를 꺼냈다.

그러자 샘 앤더슨이 얼른 끼어들었다.

"아, 나도 그 이야기 들었어. 그 일 이후로 LA 다윈스 구단에 매달 한국 과자가 배달되었다고 하더군. 아마 지금도 보내지고 있을걸?"

"그런 일이 있었어? 그럼 혹시 수현이 우리 방송에 출연했으니, 한국 팬들이 우리에게도 과자를 보내주겠네?"

데일리 카슨도 흥미가 동하는지 한껏 기대감을 드러냈다.

"하하, 제가 그랬잖아요. '한국에 쇼가 소개된다면' 이라고."

"음, 그래? 이봐, 조나단. 들었지? 우리 쇼를 어서 한국에서도 방영될 수 있게 힘 좀 써보라고."

데일리 카슨은 쇼의 1부를 마쳐야 할 때란 것을 깨닫고 마지막 멘트로 담당 PD인 조나단 조커에게 말을 걸었다.

느닷없는 데일리 카슨의 지시에 조나단은 당황할 법도 하지만, 능숙하게 손을 들어 보이면서 알았다는 신호를 보냈다.

Chapter 4

다시 만난 리메이링

수현이 울프 TV의 간판 토크쇼인 데일리 카슨 쇼에 출연한 뒤, 미국은 수현에 대한 관심과 그의 행적을 쫓는 일이 마치 유행처럼 번져 나갔다.

유행의 첫 번째는 정보 수집.

수현을 찍은 화보와 광고 찾아보기, 킹덤 엔터의 홈페이지에서 수현의 프로필 보기 등, 가장 기초적인 정보를 찾아 열람하는 게 처음 시작이었다.

두 번째는 수현이 그룹 리더로 있는 로열 가드를 알아보는 일이었다.

로열 가드에 수현의 솔로 곡이 있는 것은 아니지만, 그룹

내에서 수현이 가지는 위상이 어느 정도인지 충분히 알 수 있는 인터뷰 내용이 로열 가드 공식 홈페이지에 올라와 있다.

또한 멤버들과 같이한 인터뷰와 팬들의 리뷰 또한 보기 좋게 업로드가 돼 있어 팬들은 보다 쉽게 로열 가드의 초창기부터 현재까지의 활동들을 찾아볼 수 있었다.

세 번째로는 로열 가드와 수현이 촬영한 곳에 가서 인증샷을 찍어 SNS에 올리는 것이었다.

혹자는 그게 무슨 유행이 될 수 있냐고 할 수도 있겠지만, 팬들은 크게 개의치 않았다.

그저 자신들이 보고 느낀 것을 사람들과 공유하여 즐기는 것이고, 그게 유행이 된 것뿐이었다.

마지막 유행은 수현이 기획했다는 중국 현지의 식당에서 요리를 맛보는 것이었다.

비록 수현이 직접 요리를 해주는 것은 아니지만, 메뉴를 직접 구상했기에 인기가 많았다. 덤으로 찾아가기 쉬운 베이징에 입점해 있어 중국 관광 코스의 단골 장소가 되었다.

그 때문에 현재 중국과 한국 일부 여행사에서는 황찬과 계약한 관광 투어가 성행하고 있었다.

이 부분은 수현도 알지 못하는 것으로, 이는 수현과 합작하여 황찬을 운영 중인 리메이링의 아이디어로 만들어진 상품이었다.

황찬의 매장이 늘어나면서 공동 투자를 한 양시시가 장난처럼 내뱉은 말이 사건의 발단이었다.

수현의 팬들을 대상으로 마케팅만 해도 충분히 장사가 되겠다는 말에 리메이링이 수완을 부려 만든 것이다.

리메이링도 내심 될까 싶은 의심이 든 사업이지만, 수현과 로열 가드의 인기는 그녀들이 생각하는 것 이상으로 엄청났다.

중국 내 팬들은 물론이고, 한국과 동남아시아의 팬들, 그리고 다오위다오 섬 분쟁으로 관계가 소원해진 일본에서까지 찾아올 정도였다.

그 때문에 리메이링은 물론이고, 처음 이야기를 꺼낸 양시시, 그리고 또 다른 친구인 진샤오린은 행복한 비명을 지르고 있었다.

황찬은 지금도 빠르게 매장이 늘고 있었다.

리메이링은 중국에서 오픈할 황찬의 매장 수를 열세 개로 정했다.

그 숫자가 채워지면 해외 진출을 할 생각이었다.

그러나 아이러니하게도 자금은 충분한데, 황찬의 기준에

맞는 요리사들의 영입이 힘들었다.

사실 원칙대로라면 아무리 음식이 맛있고 마케팅이 잘된다 하더라도 중국에서 성공한다는 것은 별개의 일이었다.

하지만 황찬은 가능했다.

중국의 국가권력자들이 뒤에서 이들의 성공을 돕고 있기 때문이다.

황찬을 돕는 권력자는 텐신 시 시장인 리자준과 현재 중국 공산당 총서기의 자리에 올라선 시평안이 있다.

황찬의 텐진 본점이 오픈하기 전, 딸의 사업을 돕기 위해 텐진 시장인 리자준이 당시 정치적 동지이자 사천성 성장인 시평안 부부를 초청한 일이 있었다.

이는 시평안의 부인과 딸이 수현의 팬이란 것을 알았기 때문에 이루어진 일이기도 했다.

실제로 당시 수현이 직접 만든 요리를 대접받은 시평안 부부는 대만족했고, 그 자리에서 바로 사천성 성도에도 황찬을 입점해 달라는 요청을 하였다.

세상 이치가 다 그렇듯 최고 권력자가 밀어주고, 또 음식의 값이나 맛 또한 최고이니, 사람들이 찾지 않을 수가 없었다.

다만, 빠르게 늘어나는 수익에 비해 매장은 함부로 늘릴 수가 없었다.

이는 황찬의 조건에 부합하는 실력 있고 경험 많은 요리사가 턱없이 부족했기 때문이다.

황찬은 흔한 양식 레스토랑이나 중식 요릿집이 아니다.

전 세계의 음식을 한 곳에 모아놓았다고 표방하는 퓨전 음식점인 것이다.

질보다 양이라는 컨셉은 아니기에 음식이 맛이 없거나 서비스가 부족한 것도 아니다.

황찬은 음식점의 서비스와 품질을 측정하는 미슐랭 가이드에서 별점 세 개를 받았다.

그러다 보니 더욱 사람이 몰리기 시작해 이제는 석 달 전에 예약하지 않으면 먹을 수 없을 정도로 인기가 대단했다.

덕분에 양시시가 반신반의하던 투어가 확실하게 자리 잡게 된 것이기도 했다.

황찬 투어는 기본적으로 황찬에 들러 요리를 먹는 것이기에 굳이 예약하지 않아도 식사가 가능했다.

그러니 황찬의 음식을 맛보려는 사람들은 너나 할 것 없이 황찬 투어를 예약했다.

그런 관계로 리메이링은 고민하지 않을 수 없었다.

황찬의 요리사를 구하는 것이 급선무인데, 새로 고용한

요리사들을 재교육하는 시간도 있어 늘어나는 손님들에 비해 요리사의 확보가 더뎠다.

하지만 궁구하면 통한다고 했던가. 머리를 맞대고 고민하던 현지의 요리사들이 기지를 발휘하였다.

황찬의 모든 메뉴를 배우는 것보다 지역 특색에 맞는 특별 메뉴를 엄선하여 가짓수를 줄이는 것이었다.

배워야 할 요리의 가짓수가 줄어드니 요리사들의 습득도 빨라졌다.

그렇게 일정 수준 이상의 요리사들이 늘어나게 되면서 겨우 황찬을 찾는 손님들을 감당할 수 있게 되었다.

그 뒤로는 중국에서 번화가라 할 수 있는 도시마다 황찬 매장이 하나씩 들어서면서 번성을 이어 나가고 있는 중이었다.

이런 수현의 모든 행보를 뒤늦게 알게 된 미국인 펜들은 수현을 바블 코믹스에 나오는 슈퍼 히어로가 아닐까 하는 생각을 가질 정도였다.

한 사람이 해냈다고 하기에 그가 이루어낸 것들이 너무도 많은 탓이었다.

그런데 활활 타오르고 있는 수현의 인기에 기름을 붓는 일이 발생하였다.

그것은 바로 LA를 연고로 하는 래퍼 존 존스의 신곡 앨범 발표였다.

존 존스가 몸담고 있는 레이블에서는 현재 불고 있는 수현 신드롬에 편승하기 위해 타이틀곡에 대한 에피소드를 대대적으로 광고했다.

어떻게 보면 얌체 같은 일이지만, 그 전략은 기가 막히게 맞아 들어갔다.

처음에 사람들은 존 존스가 유행하는 수현의 이름을 팔아 거짓말을 한다고 여겼다.

이번에 존 존스가 발표한 신곡은 완성도가 높고 무척 뛰어난 곡이었다.

노래가 좋으니 팬들은 혹시나 하는 마음에 정보를 파헤치기 시작했고, 그 일이 일파만파 커지면서 결국 언론에서 사실 확인을 위해 존 존스를 찾아가게 되었다.

그리고 바로 그때, 그는 수현과 함께 찍은 사진과 계약서를 공개했다.

사실 확인이 이루어지자 LA에 한정됐던 존 존스의 인기는 미국 전역으로 퍼져 나갔다.

소년을 구한 영웅이 작곡한 노래, 그것도 현역 래퍼가 앨범 타이틀곡으로 쓰고 싶어 구걸하다시피 하여 취입한 노래가 어떤 것인지 궁금했기 때문이다.

그리고 노래가 공개되자, 수현이 작곡한 'Freedom'은 존 존스를 일약 스타로 만들어주었다.

빌보드 차트에서도 순위를 하나하나 정복해 나가며 가파르게 오르고 있다.

덩달아 수현에 대한 관심도 끝도 없이 치솟았다.

수현 신드롬이 전 세계적으로 유행하자 일부 학자들이 과도한 신드롬에 우려를 표하기도 했다.

하지만 그동안 수현이 보여준 행동들은 분명 누구나 본받을 만한 행동이고, 또 수현과 로열 가드를 알게 된 어린 팬들도 우상의 선행을 따라 하며 문제될 만한 행동들을 자제하는 모습을 보였기에 학자들의 우려 섞인 주장은 힘을 받지 못했다.

오히려 그런 반대 의견이 반발 심리를 불러일으켜 수현 앓이, 수현 신드롬은 더욱 거세졌다.

*　　　*　　　*

— 와! 이건 뭐, 완전 만찢남이네!

— 데일리 카슨의 말이 맞는 것 같다. 뭐, 이런… 헐, 말

이 안 나온다.

— 진작부터 오빠가 대단한 사람이라는 것은 알고 있었지만, 이렇게까지 대단한 사람인 줄은 상상도 못했네요. 오빠에게 더 빠져들 것 같아요.

ㄴ 진혜야, 정신 좀 차리자. 네가 정수현보다 다섯 살이나 더 많아. 그리고 너 유부녀란 것을 잊지 마라. 네 딸 혜리가 뒤에서 지켜보고 있다.

ㄴ 잘생기고 멋있으면 나이와 상관없이 다 오빠야. 그리고 혜리도 단장님 좋아해. 그러니 이해해 줄 거야.

ㄴ 응, 아빠. 나 이담에 커서 수현 오빠랑 결혼할 거야. 그리고 엄마, 엄마는 아빠 있으니 오빠는 포기해.

ㄴ 헐~ 뭐냐, 이거? 정수현 때문에 한 가정이 콩가루 되는 건가?

— 울 남편 넘보지 마요. 그리고 아가, 울 남편 좋아하는 것은 고맙지만, 너에게 갈 차례는 없다.

— 윗님, 말 잘했음. 우리 오빠는 사실 슈퍼 히어로가 맞음. 연예인은 정체를 숨기려고 하는 거였음.

ㄴ 이건 또 뭐냐? 신종 관종이냐! 방송에서 좀 띄워준다고 개나 소나… 어휴!

수현이 LA 동물원에서 아이를 구한 지 두 달이 지났다.

그러나 정수현 신드롬은 사그라들기는커녕, 허리케인처럼 그 기세를 더욱 키우며 북미를 강타했다.

처음 뉴스가 방영되었을 때는 그저 의인 내지는 단순한 시민 영웅 정도로만 언급되었다.

하지만 데일리 카슨 쇼에 출연하고 난 뒤, 수현의 사연과 업적들이 미국 전역으로 퍼지면서 그의 인지도는 기하급수적으로 높아졌다.

이제는 미국의 톱스타 연예인 못지않은 인지도를 가졌다고 할 정도였다.

일례로 래퍼 킹 존이란 닉네임으로 활동하는 존 존스가 있다.

그의 앨범이 처음 발매되었을 때, 그의 소속 회사인 SSANY에서는 존스의 신곡이 요즘 제일 핫한 수현과 관계가 있다고 대대적으로 홍보했다.

LA 동물원 사건 이후 수현에 대한 호기심을 가지고 있던 미국인들은 존 존스의 타이틀곡을 수현이 작곡했고, 또 그것을 현장에서 바로 계약했다는 에피소드에 또 한 번 놀라워했다.

이윽고 사람들은 수현이 작곡했다는 곡이 얼마나 좋은가,

하는 궁금증으로 존 존스의 새 앨범을 구매했고, 이후 정말 불티나게 팔렸다.

존 존스는 그날 말리부 해변에 가서 수현을 만난 것이 그의 인생 최고의 터닝 포인트가 되었다.

더군다나 존 존스는 비록 짧은 시간이지만, 수현과 함께 앨범 작업을 하면서 자신의 실력이 이전보다 훨씬 늘었다는 것을 체감했다.

예전의 그는 자신이 최고라는 자만에 빠져 더 이상의 발전이 없었는데, 생각의 폭이 넓은 수현을 만나 함께 작업하면서 비약적인 발전을 이룬 것이다.

"헤이, 브로!"

방송국에 도착한 존 존스는 대기실로 들어섰다.

그러고는 미리 와서 의자에 앉아 있는 수현을 발견하더니 빠르게 걸어가 그를 힘껏 안았다.

"워워~ 존, 진정해."

막 메이크업을 마친 수현은 갑자기 자신에게 달려드는 커다란 덩치의 존을 살짝 밀어내며 말했다.

하지만 오랜만에 수현을 본 존 존스는 그 말에 전혀 귀 기울이지 않았다.

존 존스는 이번 앨범은 무조건 성공할 거라고 확신했다.

그 정도로 수현과 함께 작곡한 곡들은 커리어 하이라고 할 만큼 최고였다.

하지만 그런 점을 감안하더라도 현재 그가 누리고 있는 인기는 예상을 한참이나 벗어난 것이다.

얼마 전, 존 존스는 수현의 선행을 뉴스를 통해 보았다.

당시 그는 수현에 관한 뉴스를 자신의 새 앨범 홍보에 이용할 생각이 전혀 없었다.

그저 저런 영웅이 자신과 함께 앨범 작업을 했다는 것에 개인적으로 기뻐했을 뿐이다.

그런데 소속사인 SSANY의 생각은 달랐다.

이용할 수 있는 것은 무엇이든 이용해 이득을 추구하는 것이 회사의 기본 마인드다.

물론 불법적이거나 비인도적인 행동만 아니라면 그들을 비난할 수는 없는 일이다.

SSANY 수뇌부의 설득에 존 존스는 한참을 망설였다.

가슴속에선 그러면 안 된다고 외치지만, 자신만 바라보고 있는 레이블 식구나 가족들에게 보다 더 나은 삶과 미래를 보여주기 위해선 SSANY의 제안을 받아들여야 한다는 생각도 들었다.

그래서 두 눈 딱 감고 그들의 제안을 받아들여 수현과의 일화를 앨범 홍보에 이용하는 데 합의하였다.

가슴 한편으로는 수현에 대한 미안한 마음이 들었지만, 가족과 친구들을 위해 묻어두었다.

그런 마음을 가지고 있는 상태에서 수현과 다시 재회를 하다 보니 감정이 북받쳐 자연스레 행동도 오버하게 되었다.

"존, 이젠 톱스타로서의 품위를 지켜야지."

수현은 아직도 흥분을 감추지 못하고 있는 존 존스를 보며 달랬다.

"브로, 내가 톱스타가 되기는 했지만, 그게 뭐 내 힘만으로 그리된 건가. 모두 네 덕분에 가능했던 거지."

존 존스는 가슴속 깊이 묻어둔 미안함을 어렵사리 꺼내놓았다.

"우리는 친구잖아. 아니, 방금 네가 형제라고 했으니, 그보다 더 친한 사이지. 내가 처음으로 사귄 미국인 친구가 바로 너야."

"하하하하!"

수현의 말에 존 존스는 크게 감동하여 아무 말도 못하고 그저 큰 소리로 웃었다.

"봤지? 내가 히어로 정과 친하다 했지!"

존 존스는 뒤늦게 들어오는 흑인을 보며 소리쳤다.
수현은 존 존스 뒤에 누군가 있다는 것은 알고 있었지만, 크게 신경 쓰지 않았다.
전에 존 존스의 레이블에 갔을 때, 존 존스와 함께 들어오는 것을 보며 그와 관계가 있는 사람이라 생각했을 뿐이다.
"제길! 자, 여기……."
그 남자는 탄식하며 지갑을 꺼내더니 100달러짜리 지폐 한 장을 존 존스에게 건넸다.
그로 보아 아마도 두 사람이 내기를 한 듯싶었다.
존 존스는 자신과 친하다고 남자에게 말을 했을 것이고, 지폐를 건넨 남자는 거짓말하지 말라며 내기를 걸었을 것이다.
그리고 그 결과는 방금 보는 것과 같았다.
"헤이, 수현. 인사해. 내 동생 마이크야, 마이크 존스."
존은 수현을 보며 미소 지으며 조금 전 자신에게 돈을 건넨 남자를 소개했다.
수현은 설마 동생과 100달러 내기를 했을 것이라고는 생각도 못했기에 그의 소개에 깜짝 놀랐다.
"반가워. 이야기는 들었지만, 설마 형과 진짜로 친하다고는 생각 못했는데… 아무튼 난 마이크 존스라고 해.”

마이크는 자신을 소개하며 악수를 청했다.

“아, 그래. 반가워. 난 정수현이라고 해. 참고로 정이 성이고, 수현이 이름이야. 한국은 미국과 다르게 성과 이름이 반대거든. 둘 중 편한 데로 불러. 정이라 불러도 되고, 수현이라고 불러도 돼.”

수현은 마이크의 소개에 빙그레 미소를 지어 보이며 악수를 나눴다.

그러던 중 수현은 눈을 반짝였다.

마이크와 악수하며 느낀 손의 감촉이 상당이 거칠었기 때문이다.

비록 존 존스가 스타가 된 지는 얼마 안 됐지만, 그럼에도 부족함 없이 살아오진 않았을 것이다. 거기다가 존과 마이크의 사이는 아주 좋아 보였다.

그러니 가족인 마이크가 이렇게 손이 거칠다는 것이 수현으로서는 쉽게 납득되지 않았다.

수현은 그런 의문을 마음에 품으며 대기실 소파에 앉아 존 존스 형제와 이야기를 나눴다.

“그런데 수현, 넌 여행을 떠난다고 하지 않았어?”

존 존스는 수현을 보며 의아하다는 표정으로 질문하였다.

앨범 녹음을 끝내고 파티를 했는데, 그때 수현은 일정이 있어 빠졌다.

그런데 아직 LA에 남아 있으니 당연한 의문이었다.

"물론 그러려고 했지. 그런데 좀 여러 가지 일이 겹치면서 그러지 못했어."

수현은 씁쓸하게 입꼬리를 끌어 올리며 대답하였다.

사실 수현은 파티가 열린 그날, 존 존스의 타이틀 곡 녹음이 끝나자마자 바로 그의 레이블을 나와 택시를 기다렸다. 그런데 우연히 지나가던 마리아 료코를 만나게 된 것이다.

그로 인해 LA를 떠나 음악 여행을 떠나려던 수현의 계획은 시작부터 틀어지고 말았다.

마리아 료코는 오랜만에 만난 수현에게 데이트를 청했다.

수현은 작년쯤 자신 때문에 낭패를 겪은 마리아에게 미안한 감정이 있어 그녀의 부탁을 거절할 수 없었다.

이후, 시간은 빠르게 흘러 휴식 차원에서 주어진 휴가는 끝이 났다.

이는 수현이 LA 동물원에서 아이를 구한 뒤 밀려드는 섭외 요청 때문에 그리된 것이었다.

밀려드는 출연 요청과 광고 섭외는 김재원 전무가 적당히 중요한 것들만 추려내 진행했지만, 결과적으로 이곳 LA를 벗어나진 못했다.

“이럴 줄 알았다면 그때 무조건 피처링을 부탁할 걸 그랬어.”

타이틀곡을 녹음할 때, 존 존스는 수현에게 피처링을 부탁했다.

하지만 수현은 미국 전역을 여행할 것이란 이유로 거절하였다.

앨범에서 피처링이 있고 없고의 차이는 많은 영향을 끼치기에 존 존스는 당시 어쩔 수 없이 다른 가수를 섭외할 수밖에 없었다.

그런데 이렇게 수현이 두 달이 넘도록 LA에 머물고 있는 것을 알게 되자 문득 아쉬움이 밀려들었다.

“이렇게 될 줄 누가 알았나. 나도 연말까지 휴가였는데, 제대로 쉬지도 못했어.”

수현은 이야기를 하다 말고 작게 한숨을 쉬었다.

부상이란 이유로 그룹 컴백에서도 빠졌는데, 혼자 해외에서 활동하고 있으니 동생들에게 미안한 마음이 더욱 커졌다.

‘이거, 선물이라도 준비를 해야 할 것 같네.’

고생하고 있는 그룹의 동생들을 생각하면, 대신이라고 하기는 뭐하지만 선물이라도 한 아름 안겨줘야 마음이 편할 것 같았다.

이야기 도중 수현이 심각한 표정을 짓자 존 존스는 조심스럽게 물었다.

"뭐야, 내가 그런 말 했다고 화난 거야?"

"아, 아니야. 그런 게 아니라… 하, 이걸 어떻게 말을 해야 할지……."

수현은 얼른 존 존스에게 사과하였다.

대화 중 다른 생각을 하고, 또 인상을 쓰는 바람에 상대가 오해하고 말았다.

원래 이런 종류의 실례를 잘 저지르지 않는 수현인데, 평소 드러내지 않던 실수를 하였다.

짧은 만남임에도 급격하게 가까워져 친구가 된 존 존스를 만나 마음이 풀어진 탓이었다.

"사실은 말이야, 너도 알겠지만 내가 아이돌 그룹의 리더잖아."

"맞아. 전에 그렇다고 했지."

"응. 그런데 내가 사정이 있어서 그룹이 컴백할 때 함께 하지 못했어."

"그래. 카슨 쇼를 봐서 나도 알고 있긴 한데… 그게 무슨 상관이야?"

존 존스는 고개를 갸웃거리며 물었다.

어차피 그룹이란 것이 비즈니스로 뭉친 팀이니 그게 무슨 문제인지 그로서는 알 수가 없었다.

"그게… 이래 봬도 내가 그룹의 리더거든."

"리더?"

"그래. 그런데 리더가 빠진 상태로 컴백을 하게 된 거야."

"그럴 수도 있나? 난 잘 모르겠어."

존 존스는 수현의 설명이 잘 이해가 가지 않아 더욱 의아해했다.

그냥 멤버도 아니고, 그룹을 대표하는 리더가 부재중인데 컴백한다는 것도 이해가 가지 않았다.

"사실 나는 정규 맴버가 아니야. 중간에 갑자기 끼어들었거든."

"그게 뭐 어쨌다는 거야?"

"음… 한국은 미국과는 조금 달라."

수현이 설명할수록 존 존스나 마이크는 의문이 들었다.

"한국은 재능 있는 아이들을 뽑아서 다년간 교육시킨 다음, 컨셉에 맞게 그룹을 꾸려 데뷔시키는 방식이야. 비단 그룹뿐만이 아니라 솔로 가수도 마찬가지고."

"아, 그래서 아이돌이면서도 실력들이 좋은 거구나."

분명 기본 실력은 갖췄지만, 너무 일률적이라 개성이 없고 거의 비슷비슷한 음악과 컨셉을 가지고 있어 금방 질린다는 비판을 받기도 하는 시스템이다.

하지만 그런 험난한 과정을 거치기에 대중에게 사랑받는 그룹이 탄생하는 것도 사실이었다.

수현은 문득 마이크 존스를 돌아보며 물었다.

"그런데 마이크는 무슨 일을 하는 거야?"

잠깐의 만남이지만, 평범한 일을 하는 것 같진 않아 보였기 때문이다.

"응, 마이크는……."

"형, 내가 직접 말할게."

막 존 존스가 대답하려고 할 때, 마이크가 말을 가로챘다.

존 존스는 어깨를 으쓱이며 수현을 바라보았다.

"난 프로 격투기 선수야. 비록 순위는 그리 높진 않지만……."

"아, 그래서 손이 그렇게 거칠었구나."

"그러니까 그런 건 그만두고 내 보디가드나 하라니까."

마이크가 수현에게 자신을 소개하고 있을 때, 옆에서 존 존스가 안타깝다는 듯이 성을 냈다.

미국에는 많은 격투기 단체들이 있다.

그중 세계적인 격투기 단체인 WFC는 누구나 알고 있을 정도로 유명했다.

사람들에게 물어보면, 백이면 백 모두 WFC를 말하곤 했다.

그만큼 사람들의 머릿속에 격투기 단체는 곧 WFC라고 인식이 콱 박혀 있다.

하지만 미국에는 그 외에도 무수히 많은 격투기 단체들이 있다.

그리고 모든 격투기 선수들의 꿈이 바로 WFC의 선수가 되는 것이다.

WFC에 들어가는 것만으로도 그 선수가 일류 선수란 것을 입증할 수 있지만, 그보다 결정적인 이유는 돈이었다.

세계의 무수히 많은 격투기 단체 중 가장 많은 파이트머니를 주는 곳이 바로 WFC였다.

선수 생명이 짧은 격투기 선수로서는 많은 파이트머니를 챙길 수 있는 단체를 선호할 수밖에 없다.

하지만 마이크는 WFC 소속 선수가 아니었다.

존 존스가 그런 것처럼 LA와 샌프란시스코 등, 캘리포니아주에서 활동하는 작은 격투기 단체의 선수일 뿐이다.

그것도 챔피언이 아닌, 여러 평범한 선수 중 하나다.

가정이 있는 마이크는 항상 돈이 모자랐기에 일정이 없을 때면 다른 아르바이트라도 해야 겨우 가족을 건사할 수 있었다.

그리고 오늘 존 존스를 따라온 것도 경호 아르바이트의 일환이었다.

새 앨범을 내고 인기가 오르면서 그를 시기하는 이들로부터 테러의 위협이 생겨났기 때문에 존 존스는 자신의 형제이자 격투기 선수인 마이크를 보디가드로 고용한 것이었다.

물론 전문 경호 업체와 계약하여 경호원들이 따로 있기는 하지만, 자신의 혈육인 마이크가 옆에서 지켜주는 것 이상의 안정감을 주진 못했다.

또한 무엇보다 그는 자신의 유일한 가족인 동생이 더 이상 고생하지 않았으면 하는 바람이 컸다.

혈연을 떠나 객관적으로 봤을 때, 마이크는 그리 실력이 좋은 선수가 아니었다.

그저 격투기가 좋아서 하는 것일 뿐이다.

그러니 위험하고 힘들면서 돈도 별로 받지 못하는 격투기 선수보단, 자신의 형제로서 곁에서 함께하기를 원했다.

실제로 그의 레이블에 이야기하면 충분히 들어줄 수도 있는 상황이기도 했고.

“또 그 이야기야?”

“마이크, 제이크를 생각해 봐. 너 시합에서 맞고 오는 날 제이크의 표정이 어떤지 알아?”

제이크는 마이크의 일곱 살 난 아들이다.

그 나이 때의 아이들에겐 아버지는 유일한 우상이다.

뭐든지 할 수 있는 슈퍼 히어로인 것이다.

제이크는 덩치 큰 자신의 아버지를 언제나 열망에 가득 찬 눈으로 쳐다본다.

그도 그럴 것이, 제이크는 마이크의 아들임에도 불구하고 엄마를 더 닮아 몸집이 왜소했다.

그 때문에 학교에서 만만하다고 여겨져 괴롭힘에 시달리고 있다.

그러다 보니 보통 사람보다 덩치가 큰 아빠를 동경하게 되었다.

하지만 덩치가 크고 당당한 기도를 풍기는 마이크조차도 시합이 있는 날이면 상처와 멍을 달고 집에 돌아온다.

그러고는 하루 종일 방에서 나오지 않는다.

그런 아빠의 모습에 제이크는 점점 의기소침해져 갔다.

제이크의 이름이 나오자 마이크의 표정이 와락 일그러졌다.

"으음……."

마이크는 자신이 모르고 있던 현실에 신음을 흘렸다.

한편, 두 형제가 심각한 표정으로 이야기를 나누자 수현은 묵묵히 경청했다.

원래 가족 간의 일은 타인이 함부로 참견하는 것이 아니다.

괜히 참견했다가 관계를 그르칠 수 있기 때문이다.

"어쨌든 그 이야기는 나중에 해."

"알았어. 하지만 내가 한 말 가볍게 생각하지 말고 잘 생각해 봐."

겉으로 보기에 존 존스는 자신만 잘났다고 생각하는 전형적인 흑인 래퍼의 모습을 표방하지만, 사실은 전혀 아니었다.

그는 가족 간의 유대를 그 무엇보다 우선으로 두고 있는 사람이었다.

LA 뒷골목 출신인 존 존스는 어려서부터 가난 때문에

많은 고생을 겪었다.

보통 그런 뒷골목 출신 흑인들의 미래는 빤했다.

학교도 다니지 않고, 대마초나 헤로인과 같은 마약에 찌들어 생활비를 벌기 위해 범죄에 발을 들이게 된다.

하지만 존 존스는 그런 고난 속에서도 자신과 가족을 돌봤다.

그에게도 악의 유혹이 없던 것은 아니었다.

큰돈을 벌 수 있으니 마약 배달원을 해볼 생각 없냐는 제안이 수시로 들어왔다.

어린아이가 설마 마약 배달을 할까 싶은 경찰의 의심을 피하기 위해 마약 조직에서 가난하게 살고 있는 존 존스에게 접근한 것이다.

끝내 버티지 못하고 존 존스가 유혹에 넘어가려고 할 때, 그를 잡아준 사람이 있었다.

존스의 옆집에 살고 있는 동양인 할머니였다.

할머니는 인근 골목 모퉁이에 위치한 작은 식료품 가게의 주인이었다.

그 할머니도 그렇게 넉넉한 삶을 사는 것은 아니었는데, 그럼에도 가난한 이웃을 돕는 선량한 분이셨다.

존 존스의 집도 그 할머니에게 많은 도움을 받았다.

돈이 없어 식사를 하지 못할 때면 언제나 그와 가족들을 초대하여 저녁을 함께 먹었다.

그러면서 늘 신신당부했다. 이런 삶에서 벗어나기 위해선 공부를 해야 한다고 말이다.

그 영향으로 존 존스는 비록 명문은 아니지만, 무사히 고등학교를 졸업할 수 있었다.

그리고 그 영향은 존 존스에게만 닿은 것이 아니었다.

동생인 마이크 또한 아무런 사고 없이 고등학교까지 나올 수 있었다.

사실 존 존스보다 동생 마이크가 그 할머니를 더 따랐다.

어려서부터 덩치가 컸던 마이크는 언제나 배가 고팠다.

그런데 동양인 할머니 덕분에 끼니를 해결할 수 있었다.

물론 무한정으로 대접받은 건 아니다.

그럼에도 어린 마음에 배를 굶지 않는다는 것이 가장 기뻤던 마이크는 할머니의 충고를 결코 흘려듣지 않았다.

그렇기에 주변 친구들이 같이 놀자고 유혹해도 무조건 학교에 갔다.

"더 이상 제이크에게 부끄러운 아빠가 되지 말아야지."

"……알았으니 이제 그만해. 그런데 할머니는 찾아가 봤어?"

마이크는 존 존스와 이야기를 나누던 와중에 오래전 자신들을 바른길로 이끌어준 이웃집 동양인 할머니가 생각나서 물었다.

"응. 앨범 나오자마자 찾아갔지."

"그래? 잘 계시지?"

"공원묘지에 계신 분이 잘 계시고 말 것이 뭐가 있겠냐. 공원 관리인이 잘 돌보고 있더라."

"하아……."

형의 말에 마이크는 깊게 한숨을 내쉬었다.

반드시 챔피언이 되어 할머니 앞에 당당하게 서겠다고 다짐했는데, 할머니가 돌아가셨음에도 아직도 자신은 그저 그런 선수로 전전하고 있었다.

비록 친할머니는 아니지만, 각박한 삶 속에서 가족이 아닌 타인에게 처음으로 느낀 애정이었다.

존과 마이크의 아버지는 무능한 사람이고, 또 무책임한 사람이었다.

그랬기에 존과 마이크가 어릴 때, 그의 아버지는 가족을 버리고 훌쩍 떠났다.

그 때문에 두 사람의 어머니는 많은 고생을 하였다.

새벽 일찍 일을 나가 밤늦게까지 일을 해야만 했다.

그러다 보니 존과 마이크에게 애정을 쏟을 여력이 없었다.

그렇게 부모의 사랑을 받지 못한 채 삶을 살아가던 두 형제에게 옆집 할머니의 사랑은 큰 위로가 되어주었다.

씻기고, 입히고, 먹여주었다.

친 혈육도 아니고, 그렇다고 피부색이 같은 것도 아니었다.

하지만 동양인 할머니는 그런 것에 구애받지 않고 존과 마이크를 누구보다 아끼고, 또 바른길로 인도해 주었다.

존과 마이크 형제는 그러한 할머니의 은혜를 아직도 잊지 않고 있었다.

문득 그때 그 시절이 떠오른 마이크는 깊은 생각에 빠져들었다.

한편, 수현은 이야기를 하다 말고 심각한 표정이 되어 고민하는 마이크를 보며 고개를 갸웃했다.

자신은 모르는 이야기였기에 가늠할 수는 없지만, 무척이나 중요한 생각을 하는 것 같아 조용히 지켜만 보았다.

Chapter 5

두 번째 출연

새 앨범 발매와 함께 인기가 급상승 중인 존 존스의 데일리 카슨 쇼 출연이 확정되었다.

이는 존스의 인지도 때문이라기보다는, 그의 새 앨범 타이틀곡의 작곡자가 수현이란 점에 기인한 것이다.

현재 미국 전역을 정수현 신드롬으로 덮어버린 LA 동물원 사건 이후, 미국인들은 수현에 관한 사소한 부분에도 관심을 가지고 찾아다녔다.

그런 때에 존 존스의 신곡이 현재 회자되고 있는 히어로 정이 작곡한 거라는 사실이 알려지면서 무명의 래퍼가 일약 스타가 되었다.

사실 존 존스 수준의 래퍼는 길가에 채이는 돌멩이만큼이나 흔했다.

그런데 그가 어느 날 갑자기 히어로라 칭송받는 수현의 곡을 타이틀로 들고 나왔다.

심지어 그 곡이 너무도 좋았다.

수현의 명성에 훌륭한 곡이 어우러지면서 무명이던 존 존스를 벼락 스타로 만들어주었다.

처음으로 수현을 미국 시청자들에게 소개한 울프 TV는 이 기회를 그냥 놓치지 않았다.

울프 TV는 수현과 관계된 존 존스를 데일리 카슨 쇼에 초대했다.

그러면서 자연스럽게 수현을 특별 게스트로 다시 한 번 불렀다.

수현이 출연한 지 두 달이 넘었지만, 아직도 그의 인기는 식을 줄을 몰랐다.

그래서 이번 기회에 수현을 다시 불러 일거양득의 효과를 노린 것이다.

"존, 새 앨범 타이틀이 이건가요?"

데일리 카슨은 존 존스의 새 앨범인 'Freedom'을 들어 보이며 물었다.

"예스."

질문을 받은 존 존스는 쿨하게 대답했다.

어떻게 보면 조금 건방져 보이는 모습이지만, 미국의 아티스트들의 괴벽은 익히 잘 알려져 있지 않은가.

또 반항적인 음악이라 할 수 있는 랩을 하는 존 존스였기에 그런 모습은 그리 흠이 되지 않았다.

오히려 자신감 넘치는 모습이 긍정적으로 어필되었다.

"항간에는 앨범 제목이자 타이틀곡의 제목이기도 한 'Freedom'의 작곡자가 현재 미국 전역을 떠들썩하게 만들고 급기야는 신드롬까지 일으킨 히어로 정이라고 하던데, 맞습니까?"

이미 사전 인터뷰를 통해 알고 있는 사실이지만, 방청객들을 위해 다시 한 번 질문하는 데일리 카슨이었다.

"맞아. 사실 그날……."

존 존스는 마치 과거를 회상하듯 먼 곳을 쳐다보며 이야기를 시작했다.

그의 이야기가 진행될수록 방청석에서는 감탄이 절로 나왔다.

그도 그럴 것이, 존 존스의 이야기를 들으면 마치 운명의 여신이 장난을 친 것 같았기 때문이다.

서핑을 하다 문득 떠오르는 것이 있어 무작정 작곡에 몰입한 수현이나, 새 앨범을 녹음하다 지쳐 말리부 해변을 찾은 존 존스의 행보는 정말이지 엄청난 우연이자 운명이었다.

전문 지식이 없는 수현이 그저 떠오르는 대로 작곡하고 있었는데, 그걸 우연히 지나던 미국의 래퍼가 듣고선 망설임 없이 곡을 구매했다.

참으로 소설이나 영화 속에서나 가능한 이야기였다.

도저히 믿어지지 않는 이야기이지만, 존 존스 본인이 그렇다고 이야기하니 이를 믿을 수도, 그렇다고 믿지 않을 수도 없었다.

"그렇단 말씀이죠? 도저히 믿기 힘든 이야기인데, 혹시 증명할 수 있습니까?"

데일리 카슨 쇼의 보조 진행자인 샘 앤더슨이 진지한 말투로 물었다.

"좋습니다. 그렇지 않아도 내 형제가 이곳에 왔으니, 그에게 물어보십시오."

"아니, 그게 무슨 말씀입니까? 형제에게 물어보면 당연히 당신의 편을 들어줄 것 아닙니까?"

샘 앤더슨은 존 존스의 대답에 공정성 문제를 제기했

다.

“헤이, 브라더! 나와서 내 말이 사실이라는 걸 말해줘!”

하지만 존 존스는 전혀 개의치 않는 듯 출입문을 향해 큰 소리로 누군가를 불렀다.

방송을 보고 있을 시청자와 현장에 있는 방청객들을 놀라게 하려고 수현의 이름을 언급하지 않고 에둘러 형제라 부른 것이었다.

현장의 방청객들은 형제라는 말에 고개를 갸웃거리면서도 누가 나와서 어떤 증언을 할 것인지 궁금해하며 출입문 쪽으로 시선을 돌렸다.

“와아!”

그 순간, 방청객들은 미처 생각지도 못한 수현의 등장에 환호성을 질렀다.

살인 곰으로부터 아이를 구하고 영웅이 된 수현이 두 달 만에 다시 데일리 카슨 쇼를 찾은 것이다.

현장에 있는 방청객들은 수현이 출연했을 때 왜 방청 신청을 하지 않았는지 후회하는 이도 있었다.

그런데 오늘 또다시 기적처럼 수현이 등장하자 저마다 기쁨의 환호를 질렀다.

“오, 수현. 어서 와요.”

"와우, 우리의 히어로. 또다시 보게 되어 영광입니다."

데일리 카슨과 샘 앤더슨은 스튜디오에 나타난 수현을 보며 환하게 맞이해 주었다.

"하하, 다시 뵙게 되어 반갑습니다."

수현 역시 자신을 반가이 맞이해 주는 두 사람을 보며 환하게 웃으며 악수를 청했다.

하지만 데일리 카슨이나 샘 앤더슨은 포옹으로 그를 맞았다.

"어이쿠, 더 듬직해졌네."

"그러게 말이야. 남녀노소 가리지 않고 빠지는 이유가 있었어."

샘 앤더슨과 데일리 카슨은 수현과 포옹하고는 너스레를 떨었다.

그런 두 사람 때문에 수현은 잠시 할 말을 잃었다.

"미스터 카슨, 이번 기회에 커밍아웃하시는 겁니까?"

이미 한 번 출연을 해서 익숙해진 것인지, 수현은 능청맞게 쇼의 주인인 데일리 카슨을 놀려 댔다.

두 달 전 출연 당시에 해프닝을 다시 한 번 상기시키며 놀린 것이다.

"어우, 역시 우리의 히어로는 배우는 것도 빠르군요."

당시 샘 앤더슨이 써먹은 것을 두 달 만에 다시 끄집어내 데일리 카슨을 당황하게 만들었다.

"앉아서 이야기합시다."

샘 앤더슨은 자신이 했어야 할 멘트를 수현이 먼저 가로채자 어쩔 수 없이 그를 따라 얌전히 자리에 앉았다.

갑작스런 수현의 출연에 잠시 소동이 벌어지기는 했지만, 현장의 분위기는 무척이나 좋았다.

수현과 존스는 이미 대기실에서 만나 이야기를 나눴으면서도 스튜디오에서는 처음 만나는 것처럼 행동했다.

이는 원활한 방송 진행을 위해 사전에 짜여진 대본대로 움직이는 것이었다.

존 존스와도 간단하게 인사를 나누며 자리에 앉은 수현에게 샘 앤더슨이 조금 전 존 존스에게 했던 질문을 다시 건넸다.

"수현, 조금 전에 킹 존이 당신과의 만남에 관한 이야기를 해주었는데, 그 말이 사실입니까?"

단도직입적으로 물어오는 샘 앤더스의 질문에 수현은 당시 기억을 떠올리는 듯한 제스처를 취하며 말했다.

"뭐, 대부분 맞습니다."

"대부분이요? 그럼 다른 부분도 있다는 말씀입니까?"

샘 앤더슨은 수현의 대답에 질문하면서 존 존스를 돌아보았다.

그런데 그 눈빛이 예사롭지 않았다. 마치 존 존스의 말이 허구라고 생각하는 것 같았다.

그 점은 방청객들도 마찬가지였는지, 존스를 바라보는 눈빛이 한결 날카로웠다.

“하하, 오해는 하지 마세요.”

수현은 방청객들의 시선 속에 존에 대한 적의가 보이는 것 같아 얼른 분위기를 수습했다.

“사실 전에도 말씀드렸다시피, 전 한국과 아시아 지역에 연고를 두고 활동을 하는 아이돌입니다. 그렇기 때문에…….”

수현은 처음 말리부 해변에서 존 존스와 만난 당시의 이야기를 진솔하게 털어놓았다.

당시 그가 한 말들과 존 존스에 대해 몰랐기에 그와 나눈 대화의 내용 등을 자세히 설명해 주었다.

그런 수현의 이야기가 이어질수록 방청객들은 수현과 존 존스, 두 사람을 호기심 가득한 눈으로 쳐다보았다.

“맞아. 처음 노래를 불러보라는 말을 들었을 때는 좀 황당하고 자존심도 상했어.”

신비한 곡에 이끌려 다가갔다가 듣게 된 황당한 말을 떠올리며 존 존스가 작게 중얼거렸다.

하지만 그가 작게 중얼거렸다고 생각한 말은 그의 목 밑에 달려 있던 핀 마이크에 고스란히 담겼다.

"그런 일이 있었군요."

수현의 설명이 끝나자 데일리 카슨이 흥미로운 눈으로 두 사람을 돌아보며 대답하였다.

그때, 존 존스가 폭탄과도 같은 발언을 하였다.

"사실 타이틀곡 녹음을 할 때, 가이드를 수현이 했는데 말이지……."

이야기를 하던 중 잠시 이야기를 멈춘 존 존스는 슬그머니 수현을 돌아보았다.

우물쭈물하는 존 존스의 모습에 수현은 무슨 말을 하려는지 짐작할 수 있었다.

아니나 다를까, 수현이 짐작한 그대로 존 존스가 이야기를 이어 나갔다.

"가이드가 너무 좋아서 내가 곡의 피처링도 부탁했더니, 자기는 여행을 떠나야 하기 때문에 못해준다고 다른 사람 알아보라더군."

"네? 그게 사실입니까?"

"예스. 이 무정한 친구는 내가 그렇게 간곡하게 부탁했는데도 여행을 가야 한다며 작업실을 나가 버리더라고. 쳇."

수현이 피처링을 해주지 않은 것이 못내 아쉬웠는지 작게 투덜거리는 존 존스였다.

"앨범 타이틀곡을 들어보니 참 좋은 노래였습니다. 피처링을 해준 마리 앤과 무척이나 잘 맞아떨어져 이보다 좋을 수가 없을 것 같았는데, 아직도 수현이 피처링을 해주지 않은 것이 아쉽습니까?"

데일리 카슨은 고개를 갸웃거리며 질문을 던졌다.

곡이 좋다는 이야기는 거짓이 아니었다. 사전에 들어본 존 존스의 신곡 타이틀은 무척이나 좋았다.

거친 존 존스의 랩과 마리 앤의 감미롭고 부드러운 목소리는 어울리지 않을 것 같으면서도 묘하게 곡에 잘 녹아들었다.

때문에 앨범의 제목처럼 주인공을 구속하고 있던 모든 구속에서 벗어나 자유를 누리며 즐겁고 행복하다는 느낌이 여과 없이 전해졌다.

그런데 존 존스는 곡의 원작자인 수현이 피처링을 하지 않은 것이 못내 아쉽다고 말을 하고 있었다.

어떻게 보면 마리 앤에게 실례가 될 수도 있는 발언이지만, 이를 이야기하는 존 존스의 표정에서는 전혀 미안한 감정이 담겨 있지 않았다.

그만큼 그가 수현의 실력을 높게 평가를 하고 있다고 볼 수 있었다.

"킹 존의 표정을 보니 저희도 수현의 버전으로 부르는 'Freedom'은 어떨지 무척이나 궁금해지는군요."

데일리 카슨은 방송의 흐름을 너무도 잘 알고 있었다.

존 존스가 그런 말을 함으로써 이를 지켜보고 있는 시청자나 방청객들이 수현이 부르는 'Freedom'을 궁금하게 만들었다.

그에 데일리 카슨은 얼른 수현을 설득해 'Freedom'을 부르게 만들어야 했다.

"와아!"

데일리 카슨의 말이 떨어지기 무섭게 방청석에서 커다란 환호와 함께 박수 소리가 터져 나왔다.

짝짝짝짝!

"브로, 어때? 팬들이 저렇게 원하는데, 같이 불러주지 않겠어?"

존 존스는 이때다 싶어 얼른 수현에게 제안을 걸었다.

그런 존 존스의 요구에 수현은 어처구니없다는 표정으로 그를 잠시 쳐다보다가 이내 어쩔 수 없다는 표정으로 고개를 흔들었다.

수현은 비록 억지스러운 부탁이긴 하지만, 이곳 미국에서 맺은 소중한 인연을 상기하며 그의 부탁을 들어주기로 하였다.

"알았어. 하지만 이번 한 번뿐이야. 피처링해 준 가수에게 실례되는 일이니, 다음부터는 이런 부탁 하면 안 돼."

"알았어, 정말 고마워."

존 존스는 자신이 소홀하게 생각한 부분을 짚어주는 수현의 지적에 더욱 감사했다.

사실 그도 조금 전 자신이 한 발언이 수현은 물론이고, 곡을 피처링해 준 마리 앤에게도 실례가 되는 말이었다는 것을 깨달았다.

비록 비즈니스라고는 하지만 방송에서 다른 가수에게 노래를 불러 달라고 하는 것은 함께 피처링을 한 가수를 모욕하는 것과 같은 행위이기 때문이다.

"이 방송이 나가기 전에 그 가수에게 연락해서 반드시 사과해. 그러지 않으면 팬들이 실망할 거야."

"알았어. 충고 고마워."

수현은 다시 한 번 강조하며 존 존스에게 조언했고, 그도 수현이 무엇을 말하는 것인지 깨닫고 반성하는 모습을 보여 주었다.

웅성웅성.

게스트로 나온 존 존스와 특별 게스트로 나온 수현이 함께 노래를 불렀다.

그것은 단순한 이벤트가 쇼가 아니었다. 둘의 화합은 현장에 있던 사람들의 귀를 놀라게 할 정도로 환상적이었다.

오는 자리를 채운 방청객들은 모두 존 존스가 나온다는 소식에 방청 신청을 했다.

분명 데일리 카슨 쇼에 나온 존 존스가 라이브로 노래할 것이라 예상했기 때문이다.

존 존스가 라이브 공연을 많이 하고 있기는 하지만, 그의 인지도가 처음부터 좋은 것이 아니었기에 그리 큰 규모의 공연장은 섭외할 수가 없었다.

그러다 보니 인지도에 비해 기존에 계약한 공연장이 작아 수요와 공급이 원활하지 못했다.

덕분에 공연 티켓은 프리미엄이 붙어 엄청난 고가에 팔려 나갔다.

자연히 평범한 일반인들은 티켓을 구하기가 힘들었다.

그런데 존 존스가 데일리 카슨 쇼에 출연한다고 하니, 수많은 수현의 팬들이 방청을 신청하였다.

비록 경쟁은 있겠지만, 어찌 되었든 손만 빠르면 티켓을 싼 가격에 구할 수 있어 손해는 아니었으니 말이다.

사실 존 존스의 새 앨범이 인기가 많은 이유는 수현이 앨범 작업에 참여하고 타이틀곡을 작곡했다는 이유도 한몫했다.

수현은 삭막한 세상에 한 줄기 빛을 가져다준 영웅이고, 존 존스가 발매한 곡은 그런 영웅이 작곡한 곡이다.

아직 검증되지 않은 래퍼의 곡이라지만, 충분히 구입해 들어볼 만한 앨범이었다.

이는 다시 말해 희소성이 충분한 앨범이란 소리다.

단순히 영웅이 작곡했다는 소문에 앨범을 구입한 사람들은 막상 노래를 들어보니 너무 좋았다.

그래서 라이브로 들어보고 싶어 데일리 카슨 쇼의 방청객이 되었는데, 생각지도 못한 보너스를 받게 되었다.

작곡 당사자인 수현이 라이브 공연을 하니, 이 얼마나 감동적인 일인가.

사람들은 존 존스와 수현이 함께 부른 '프리덤' 을 듣고 원곡보다 훨씬 좋다고 생각했다.

마리 앤이라는 여가수가 피처링한 곡도 좋지만, 지금 수현과 함께한 버전이 듣기에 더 신났다.

정말로 노래가 더 듣기 좋았는지, 아니면 영웅을 현장에서 직접 보고 그가 들려주는 노래를 듣는다는 것 때문에 플러스 요인이 되었는지는 모른다.

하지만 현장에 있던 방청객이나 이를 찍고 있던 카메라맨과 스탭들, 그리고 데일리 카슨과 샘 앤더슨 모두 방금 전 존 존스와 수현이 함께한 버전이 더 좋다고 생각했다.

"와우, 어메이징!"

데일리 카슨은 노래를 마치고 자리로 돌아오는 존 존스와 수현을 맞이하며 연신 감탄성과 쏟아냈다.

그리고 그 옆에 자리하고 있던 샘 앤더슨 또한 마찬가지로 자리로 돌아오는 두 사람을 연호했다.

"여러분, 어떠셨습니까? 두 사람의 호흡이 대단하지 않습니까?"

데일리 카슨은 열정적으로 박수를 치다 방청석으로 고개를 돌려 의향을 물어보았다.

"어메이징!"

"원더풀!"

데일리 카슨의 질문에 방청석에서도 '놀랍다', '훌륭하다' 등의 말들이 연신 터져 나왔다.

"마리 앤과 부른 곡도 훌륭했지만, 제 개인적으로는 수현이 부른 버전도 정말 좋네요."

샘 앤더슨은 객석의 열기가 진정되는 듯 보이자 얼른 끼어들어 자신의 소견을 말했다.

"맞아요. 혼성 듀엣도 좋지만, 남성 듀오도 아주 훌륭합니다."

"너무 좋았어요."

휘이익!

샘 앤더슨의 칭찬에 데일리 카슨도 맞장구를 쳤다.

그러자 객석에서 다시 한 번 열화와 같은 박수 소리와 함께 그 말에 호응하듯 흥에 겨운 휘파람 소리가 터져 나왔다.

"워워, 이거, 스튜디오가 두 사람으로 인해 너무 뜨거워졌습니다."

데일리 카슨은 어느 때보다도 객석의 반응이 좋아 그 또한 흥분하려는 마음을 가까스로 진정시켰다.

"하도 무대가 뜨겁다 보니 어떻게 시간이 가는 줄도 모르고 이야기를 나눠보았습니다. 이제 쇼를 마칠 시간이 되었는데… 존 존스 씨, 앞으로의 계획을 말씀해 주시기 바랍니다."

데일리 카슨 쇼는 어느새 두 시간의 시간이 훌쩍 지나가 있었다.

생방송으로 진행되기에 중간에 광고가 나가기는 하지만, 그래도 두 시간이나 촬영하는 것은 여간 힘든 일이 아니다.

보통 쇼를 진행할 때는 중간중간 가볍게 휴식을 취할 수 있는 브레이크 타임이 있다.

하지만 오늘 존 존스와 수현이 참여한 방송에서는 그 열기가 너무 강해 쉬는 시간이 무척이나 짧았다.

그런 탓에 젊은 존 존스나 남다른 신체적 스펙을 가지고 있는 수현은 아무렇지 않지만, 쇼의 주인인 데일리 카슨이나 보조 진행자인 샘 앤더스의 경우에는 무척이나 지쳐 있었다.

그리고 이는 방청객들 또한 마찬가지였다.

사실 뭔가에 집중해 장시간 지켜보는 것 또한 에너지 소비가 무척이나 심하다.

거기에 존 존스와 수현이 출연한 것에 흥분을 주체하지 못하고 계속해서 열광한 방청객들은 다른 때보다 더 지칠 수밖에 없었다.

그래서인지 이제 쇼가 끝났다는 안도감과 함께, 한편으로는 아쉬움이 느껴지기도 했다.

"아아……."

많은 의미가 담긴 아쉬운 한숨 소리에 몇몇 카메라가 그런 방청객들을 앵글 속에 담았다.

그리고 그 부분은 고스란히 TV를 시청하는 시청자들에게도 방영되었다.

"한 달 뒤인 23, 24일 몬트레이 파크에 있는 글로리아 클럽에서 크리스마스 공연을 시작으로 전국 투어를 시작할 겁니다. 많이 와서 즐겨주시기 바랍니다."

마지막으로 계획을 물어보는 데일리 카슨의 질문에 존 존스는 자신의 레이블에서 준비한 연말 공연 계획과 전국 투어에 대한 일정을 밝혔다.

"히어로 정, 당신의 일정은 전에 말씀해 주신 것과 역시 똑같나요?"

두 달 전, 수현이 데일리 카슨 쇼에 나와서 한 이야기가 있기에 그것을 다시 물어보는 샘 앤더슨이다.

"하하, 아쉽게도 옆에 있는 존 때문에 일정이 조금 바뀌었습니다."

"아, 그래요? 어떻게 바뀐 건가요?"

"네. 원래는 오늘 촬영도 계획에 잡혀 있지 않았는데, 제 소속사와 킹 존의 레이블과 업무 협약을 하는 바람에 출연하게 되었습니다. 그리고 방금 전 킹 존이 크리스마스 공연을 이야기했는데, 그 공연에 저와 제가 속한 그룹이 게스트로 출연할 것 같습니다. 그러니 많은 관심 바랍니다."

그랬다. 수현의 오늘 데일리 카슨 쇼 출연은 킹 존의 레이블과 레코드 유통사인 SSANY와의 계약 때문에 나오게 된 것이었다.

SSANY에서는 존 존스의 전국 투어에도 수현이 내내 함께하기를 원했지만, 수현이나 그가 속한 로열 가드도 연말에는 무척 바쁘기에 그 요구를 들어줄 수 없었다.

영웅적인 행동으로 미국에서 엄청난 인지도를 얻었다고는 하지만, 수현의 인기는 본 무대인 아시아에서 더 폭발적이었다.

로열 가드나 수현을 찾는 아시아 국가들, 특히 중국에서의 방대한 스케줄 때문에 존 존스의 크리스마스 공연에 출연하는 일정도 사실상 빠듯했다.

그러나 빡빡한 스케줄에도 불구하고 수현과 로열 가드의

미국 진출에 큰 도움이 될 것이기에 힘들더라도 그의 공연에 출연하기로 한 것이다.

“오우, 새로운 정보로군요. 수현의 팬이 된 저로서는 정말 좋은 소식입니다.”

수현이 올해는 미국 활동을 자제하고 준비를 거쳐 내년 후반기에나 진출할 계획이라고 말한 것을 떠올리면, 첫 출연으로 팬이 되어버린 데일리 카슨이나 샘 앤더슨에게는 상당히 기쁜 소식이 아닐 수 없었다.

조금 생소하긴 하지만, 수현에게 빠져 버린 두 사람은 그가 올해는 더 이상 방송이나 미국에서의 활동을 하지 않겠다고 했을 때 무척이나 아쉬워했다.

그런데 연말 크리스마스 공연에 수현이 게스트로 무대에 선다는 말에 데일리 카슨과 샘 앤더슨은 존 존스를 돌아보며 부탁하였다.

“존, 그날 공연 말인데… 얼마가 돼도 좋으니 우리도 갈 수 있게 티켓 좀 구해줘.”

언제 친구라도 된 것인지 샘 앤더슨은 넉살 좋게 부탁을 늘어놓았다.

존 존스는 유명인인 데일리 카슨과 샘 앤더슨이 자신의 공연에 오겠다 말을 하자 눈을 동그랗게 뜨며 놀랐다.

하지만 그런 놀람도 잠시. 기회를 놓칠세라 얼른 대답하였다.

"하하, 좋습니다. 제가 두 분을 위해 특별히 뒷문을 열어두도록 하겠습니다."

무대 뒷문을 열어두겠다는 의미는 두 사람에게 팬들이 볼 수 없는 백스테이지까지 보여주겠다는 말이었다.

"오우, 땡큐."

백스테이지까지 공개해 주겠다는 존 존스의 대답에 데일리 카슨이나 샘 앤더슨은 너무도 기뻐하였다.

이들이 기뻐한 것은 존 존스의 공연을 구경한다는 점도 있지만, 사실 그보다는 게스트로 출연하게 될 수현의 공연을 직접 볼 수 있다는 것에서 기원한 것이다.

물론 존 존스도 두 사람이 수현에게 쏙 빠졌다는 것을 잘 알고, 또 무엇 때문에 자신이 무대 뒤를 구경시켜 주겠다는 말에 기뻐하는지도 잘 알았다.

하지만 그런 것을 알게 되었다고 해서 기분이 나쁠 것은 없었다.

그들이 빠져 있는 상대가 자신의 친구이며, 또 자신을 스타로 만들어준 사람이기 때문이다.

자신뿐만 아니라 자신의 가족까지도 부자로 만들어준

수현.

그러니 그를 보기 위해 자신의 공연을 찾아오겠다는 데일리 카슨이나 샘 앤더슨의 기뻐하는 모습에도 화가 나기보단, 그런 수현이 자신의 친구라는 것이 마냥 기쁠 뿐이었다.

Chapter 6

바쁘다, 바빠!

달력의 마지막 달인 12월이 되면 사람들은 한 해를 마무리하기 위해 분주히 움직인다.

그리고 이는 사람뿐만 아니라 회사도 마찬가지다.

특히 연예계는 한 해의 마무리를 완벽하게 하는 것에 많은 의의를 두고는 했다.

문화 TV, STV, KTV와 같은 공중파 방송국은 물론이고, 종합 편성 방송국이나 케이블 TV에서도 각종 시상식으로 브라운관을 달궜다.

하지만 몸이 하나인 연예인들은 그 많은 방송국의 시상식에 전부 참석할 수가 없다.

때문에 대부분의 연예인들은 자신이 메인인 방송국, 즉 자신이 더욱 부각되는 시상식에만 참석한다.

수현은 올해 한국에서의 활동은 없기 때문에 굳이 방송국 시상식에 참석할 필요가 없었다.

하지만 로열 가드 동생들이 시상식에 참석하기 때문에 명색이 그룹의 리더로서 그가 불참할 수는 없었다.

평범한 사람 같았다면 귀찮은 일이 생겼다고 싫어했을 것이다.

하지만 다른 이도 아니고, 로열 가드의 리더 정수현이다.

결코 과장이 아니라 수현은 대한민국에서 대통령을 뛰어넘는 인지도를 가진 슈퍼 스타였다.

그렇기에 그 누구도 일이 늘어난 것에 대해 불만을 가지지 않았다.

오히려 수현이 시상식에 나오는 것을 반기며 열심히 홍보했다.

그래야 자신들의 시상식 시청률이 더욱 높아질 것이기 때문이다.

덩달아 수현으로 인해 시상식에 참여하고 싶다는 연예인들도 늘어났다.

수현이 등장하면 시청율은 당연히 높으리라 예상한 연예

인들이 인지도를 높이기 위해 너나 할 것 없이 참석을 통보해 왔다.

그러다 보니 방송사 입장에서는 즐거운 비명을 내지르는 형편이 되었다. 전과 달리 너무 많은 참여 요청 덕분에 참석 연예인을 걸러야 하는 사태가 벌어졌다.

시상식을 위한 공간은 한정되어 있는데, 참석하겠다는 사람들이 너무 많다 보니 방송국 입장에서는 어쩔 수 없는 노릇이었다.

그런 이유로 뜻밖에도 연예인들 간의 자존심 싸움이 벌어졌다.

아무래도 방송국의 입장에서는 시청률을 위해 인지도가 높은 연예인들 위주로 초청할 수밖에 없기 때문이다.

그러다 보니 상대적으로 인지도가 떨어지는 연예인들은 시상식에 참석하지 못하게 되었다.

그나마 해당 방송국에서 올해 방영한 드라마나 프로그램에 출연한 경우는 사정이 낫지만, 예전처럼 그저 자리를 채우기 위해 동원되는 연예인들은 일절 자리를 얻지 못했다.

사실 무명 연예인들은 시상식에 초청되는 것만으로도 방송국 PD들에게 눈도장을 찍을 기회라 여기며 자리를 채우곤 했다.

하지만 올해는 그럴 수가 없었다. 수현의 영향력에 의해 본의 아니게 피해를 본 것이다.

그렇다고 그들이 수현을 욕할 수도 없는 것이, 이것은 수현이 고의로 그들을 물 먹이기 위해 그런 것이 아니기 때문이다.

시상식에 참석하지 못한 연예인들은 그저 자신의 낮은 인지도를 한탄하며 분발을 하는 수밖에 없었다.

*　　*　　*

장장장장~ 따라랑!

신나는 음악이 흐르고, 로열 가드 멤버 여덟 명이 무대 위에 섰다.

흥겨운 노랫소리에 맞춰 딱딱 맞아떨어지는 율동.

지금 이곳은 대한민국 대표 음악 방송사인 KTV의 연말 시상식이 펼쳐지고 있는 무대였다.

무대 위에 오르지 않은 로열 가드의 멤버 한 명은 바로 수현이었다. 수현은 지금 무대 앞 테이블에 앉아 동생들의 공연을 뿌듯한 마음으로 바라보는 중이었다.

수현이 로열 가드 멤버들과 함께 무대 위에 서지 못한 이유는 단순했다.

올해 로열 가드가 활동할 때, 수현을 제외한 여덟 명만 컴백했기 때문이다.

로열 가드의 컴백 당시 수현은 중국에서 드라마 촬영이 막바지였고, 합류하기 직전, 테러를 당하고 말았다. 그로 인해 당분간 입원 치료를 받아야 했고, 불가피하게 휴식기를 가질 수밖에 없던 것이다.

물론 지금이라도 안무를 익혀 함께 무대에 오를 수는 있다.

하지만 그것은 올해 로열 가드로서 활동한 동생들의 노력에 숟가락만 얹는 비겁한 행동이었다.

그렇기에 수현은 그런 말이 나오기도 전에 먼저 단호히 거절 의사를 밝혔다.

사실 원래는 오늘 이 자리에도 나오지 않을 생각이었다.

그렇지만 로열 가드라는 이름으로 연말 시상식에서 상을 받는 자리였다.

비록 직접 활동하지는 않았지만, 열심히 활동한 동생들을 축하하는 의미에서 시상식에 참석하는 정도는 수현도 납득한 것이다.

물론 그 어떤 일이 있더라도 무대 위에는 오르지 않겠다고 총괄 매니저인 전창걸과 KTV 제작진에게 신신당부를 했다.

그 때문에 잠시 소동이 벌어지기는 했지만, 수현의 말도 일리가 있기에 모두가 납득하 넘어갔다.

수현이 무대에 올라 로열 가드 멤버들과 함께한다면 가장 좋은 그림이 나오겠지만, 올해 활동을 함께하지 않은 수현이 널컥 시상식 무대에 올라 같이 상을 받게 되면 구설수에 오를 수도 있었다.

물론 그렇다고 해서 이제는 아시아를 넘어 전 세계에 이름을 떨치고 있는 월드 스타 정수현을 그냥 썩힐 생각이 KTV 제작진으로서는 추호도 없었다.

그래서 수시로 카메라에 수현의 얼굴을 담았다.

무대 위의 공연 도중 살짝살짝 카메라를 돌려 시상식에 참석한 스타들을 담는 과정에서 자연스럽게 수현의 얼굴을 찍었다.

그럴 때면 수현은 전혀 거리낌 없이 카메라를 향해 리액션을 취해주었다.

그것이 시상식을 TV로 보고 있을 팬들에게 보답하는 일이기 때문이다.

K—POP의 인기가 높아지고, 한류의 바람이 거세게 불

면서 연말 시상식은 이제 한국만의 콘텐츠가 아니었다.

오래전 할리우드 스타들의 시상식을 전 세계의 시청자들이 시청하듯, 한류를 사랑하는 외국 팬들은 한국에서 행해지는 시상식을 빠트리지 않고 챙겨 보았다.

그러니 수현으로서는 세계 어딘가에서 보고 있을 팬들에게 인사를 하는 것이 당연했다. 그래서 카메라가 자신을 향할 때마다 전혀 귀찮아하지 않고 성심성의껏 반응을 보이는 것이었다.

"와아! 와아!"

수현은 카메라 앵글이 자신을 지나치자 다시 시선을 무대 위에 있는 동생들에게로 돌렸다.

이제 마무리 파트만 남은 로열 가드는 박자에 맞춰 화려한 동작을 취하며 열띤 무대를 마쳤다.

"국내 최고를 넘어 세계로 그 명성을 드높이고 있는 대한민국 대표 남성 아이돌 그룹, 로열 가드의 무대였습니다!"

"네. 정말 언제 보아도 눈부시고 매력적인 그룹이에요."

시상식 진행을 맡은 남녀 MC들은 로열 가드의 무대가 끝나자 아낌없이 칭찬을 쏟아냈다.

"이거, 앞선 무대를 꾸며주신 분들을 칭찬할 때와는 그 수식어가 차원이 다른데… 다혜 씨, 혹시 로열 가드 멤버분

중에 누구 눈여겨보고 계신 분이 있는 건 아닙니까?"

"어머, 동현 씨. 그런 말 하지 마요. 큰일 나요."

"하하, 당황하시는 것을 보니, 이거, 이거… 흠, 전 여기까지 하겠습니다."

"아니, 그렇게 말을 하다 끝내면 저는 어떻게 해요?"

오늘 시상식 진행을 맡은 다혜는 신동현이 이상한 순간에 말을 끊자 발을 동동 구르며 당황해 소리쳤다.

그도 그럴 것이, 현재 대한민국에서 로열 가드는 신성불가침의 존재다.

보통 대다수의 연예인들은 데뷔 초 좋은 모습을 보이다가 인기가 올라가고 명성이 높아지면 본성이 드러난다.

그게 아니라 원래 착한 성격을 가지고 있다고 해도 다른 이들로부터 우러름을 받고 하다 보면 점점 성격이 변하는 것이 대부분이었다.

그런데 막말로 슈퍼스타라 불릴 정도로 인기가 높아졌음에도 언제나 한결같은 이들이 있다.

그런 스타에 대해 팬들은 '국민' 이란 수식어를 붙여 부르곤 한다.

그중 대표적인 사람이 바로 유재성이다.

오랜 무명 생활을 거치면서도 끝내 포기하지 않고 묵묵히

자기 일에 매진하고, 기어이 성공한 노력파 연예인의 대표.

지금에 이르러서는 최고의 인기를 누리고 있으면서도 언제나 낮은 자세로 주변을 챙기는 모습.

끝도 없이 쏟아져 나오는 그의 미담들로 말미암아 '유느님' 이란 신조어까지 만들어졌다.

물론 예전에도 '국민 배우' 라 불리거나 '국민 가수', '국민 여동생' 등 국민이란 수식어가 붙은 이들은 있어왔다.

자고로 '국민' 이라는 수식어는 비단 인기나 실력이 있다고 해서 붙을 수 있는 게 아니었다.

인기나 실력은 당연하고, 단순히 이미지를 넘어서 본받을 만한 인성과 행동이 수반되어야 비로소 '국민' 이라는 수식어가 허용되는 것이다.

그런데 그런 영광된 호칭이 아이돌 그룹인 로열 가드에게도 붙었다.

얼핏 보면 납득하지 못할 수도 있다.

그도 그럴 것이, 로열 가드가 데뷔하고 활동한 것은 이제 겨우 4년째일 뿐이니까.

하지만 그들이 걸어온 행보를 살펴보면 절로 고개를 끄덕일 수밖에 없다.

1주년 기념 팬 미팅에서는 장학기금을 조성해 어려운 집안 형편 때문에 학업을 포기해야 했던 학생들에게 도움을 주었다.

뿐만 아니라 로열 가드의 리더인 수현은 2년 전 인도네시아를 강타한 쓰나미 속에서 팬을 구하기도 했다.

그런 일화들은 아직도 로열 가드와 정수현의 팬들 사이에서는 선설처럼 회자되고 있었다.

그런데 올해에도 그와 비슷한 선행을 두 번이나 발생했다. 그것도 평범한 사람이라면 엄두도 못 낼 일들이었다.

먼저 중국에서 납치되려던 여성들을 조폭으로부터 구해낸 일이다.

중국은 어찌 보면 인권 사각지대이기에 범죄에 나서서 대항한다는 것이 무척이나 힘든 일이다. 오죽하면 길거리에 쓰러져 죽어가도 아무도 신고를 하지 않아 목숨을 잃는 경우가 비일비재하겠는가.

그런데 수현은 그런 중국에서 당당히 조폭들에게 맞서 약자인 여성을 지켜낸 것이다.

수현의 선행은 여기서 그치지 않았다.

중국에서 치료를 마치고 넘어간 미국에서 일어난 사건으로, 동물원 맹수 우리에 떨어진 아이를 구한 일이 있었다.

모두가 겁에 질려 어찌할 바를 몰라 하던 그때, 수헌은 전혀 망설이지 않고 우리 속으로 뛰어들어 아이를 구조해 낸 것이다.

그로 인해 로열 가드와 정수현이라는 이름은 또 한 번 전 세계 사람들의 기억 속에 각인되었다.

그러니 다혜의 입장에서 혹시나 로열 가드 멤버들과 같이 구설수에 올랐다가는 자칫 연예계에서 매장당할 수도 있었다.

더욱이 다혜는 그들보다 연상이었다.

로열 가드 중에서 가장 나이가 많은 리더 수현보다도 한 살이 더 많았다.

그런데 신동현이 억지로 그들과 엮으려고 하니, 다혜로서는 기겁할 수밖에 없는 것이다.

물론 진짜 인연이 이어져 연인이 되면 더 바랄 게 없겠지만, 그렇게 되면 로열 가드의 팬들이 어떻게 나올지 걱정이 앞섰다.

실제로 외국 여성 연예인이 로열 가드 멤버를 언급하며 사귀고 싶다는 발언을 했다가 로열 가드의 팬들로부터 뭇매는 맞은 사례가 있기도 했다.

로열 가드와 급에 맞는 인기를 얻고 난 다음에나 그런 발언을 하라는 것이었다.

그런 로열 가드 팬들의 발언을 생각하면, 비록 경력은 그들보다 많아도 인기는 비교할 수가 없다고 생각하는 다혜였다.

"하하, 농담이었습니다. 그래도 싫진 않죠?"

신동현도 무엇 때문에 다혜가 당황하는 것인지 잘 알고 있어 얼른 분위기를 장난스럽게 만들었다.

"하하하하하!"

역시나 국민 MC 유재성과 함께 같은 반열에 있는 신동현이다 보니, 자칫 분위기가 가라앉을 수 있던 순간을 재치 있게 되돌렸다.

"농담이라고 하니 아쉽기는 하지만, 세상 어느 여성분이 로열 가드 멤버들을 거부하겠어요. 받아만 주신다면 이 한 몸 기꺼이… 호호."

분위기가 자연스레 농담처럼 흘러가자, 다혜도 더 이상 당황하지 않고 신동현의 말을 맞받아쳤다.

물론 그 말속에는 진심도 약간은 섞여 있었다.

그녀가 보기에도 로열 가드 멤버들은 하나같이 모두 멋있기 때문이다.

멤버 모두가 모델처럼 몸이 좋고, 외모도 어디 빠지지 않을 정도였다.

그리고 비록 남들에게 밝힐 순 없지만, 그녀도 로열 가드 멤버들이 나온 화보집을 가지고 있었다.

인도네시아 쓰나미 사건 이후 로열 가드의 인기가 급상승하면서 당시 출간된 로열 가드의 화보집은 엄청나게 팔려 나갔다.

처음 로열 가드의 화보집은 5만 부를 기획하고 제작했다.

사실 데뷔 초기인 점을 감안하면, 5만 부는 아이돌 그룹 화보치고는 무척이나 많은 수량이었다.

하지만 5만 부의 화보는 눈 깜짝할 사이에 동이 났고, 심지어 프리미엄이 붙어 재판매가 될 정도였다.

그 덕분에 킹덤 엔터에서는 부랴부랴 증쇄를 거쳐 재판매에 돌입했다.

그렇게 10만 부나 더 증쇄했지만, 로열 가드의 화보집에 대한 인기는 식을 줄을 몰랐다.

국내뿐만 아니라 해외에서도 로열 가드의 화보집을 원하는 팬들은 너무도 많았는데, 특히나 화보를 찍은 필리핀에서는 무려 100만 부가 팔리는 기염을 토했다.

그도 그럴 것이, 쓰나미로 재난을 겪을 때, 로열 가드가 구호물자를 보내준 것은 물론이고, 솔선수범으로 나서며 직접 피해 복구에도 참여했다.

그러니 필리핀 국민들이 로열 가드를 좋아하지 않을 수 없는 것이고, 자국의 아름다운 자연을 배경으로 찍은 화보집을 원하는 것은 당연한 수순이었다.

그 때문인지 꽤나 높은 가격임에도 불구하고 화보집은 불티나게 팔려 나갔고, 다른 동남아 국가에서도 비슷한 만큼 팔렸다.

하나 사실 가장 큰 대박은 바로 중국이었다.

당시 수현이 울프독에서 맡은 보디가드 역할에 빠져 있던 중국인들은 로열 가드의 화보집이 발매되자마자 관심을 보였다.

공식 집계로 2,300만 부가 팔렸고, 불법 복제한 것까지 포함한다면 최소 5천만 부 이상이 팔렸을 것이라고 전해졌다.

그리고 다혜는 그런 경쟁 속에서 어렵게 로열 가드의 화보집을 구할 수 있었다.

그것도 초기 인쇄본을 말이다.

만약 로열 가드 멤버들의 사인이라도 받을 수 있다면, 엄청난 프리미엄이 붙을 것은 너무나 당연했다.

현재에도 로열 가드의 화보집은 출판 당시보다 다섯 배에

달하는 금액으로 중고 거래가 이루어지고 있다.

그런데 그것이 만약 초판이라면, 그 가격은 더욱 뛸 것이다.

그런 예시를 들어 다혜도 로열 가드에 많은 관심이 있다는 것을 알 수 있는데, 신동현이 은근한 말투로 로열 가드를 언급하자 내심 당황하면서도 은근히 가슴이 설레기도 했다.

“하하, 어린 게 좋긴 하죠.”

웃다가 갑자기 정색하며 말하는 신동현이다.

그런 신동현의 말투에 눈을 동그랗게 뜨며 물었다.

“네? 그게 무슨 말씀이시죠?”

“아닙니다. 그냥 갑자기 영계백숙이 먹고 싶어서…….”

“와하하!”

뜬금없는 ‘영계’ 발언에 당황한 다혜에게 신동현은 조금 전처럼 다시 변명을 하며 넘어갔다.

하지만 원체 입담이 좋은 신동현이다 보니 팬들은 그런 멘트에 요절복통하였다.

그리고 무대 아래에 있던 가수들도 신동현과 다혜의 만담과도 같은 대화에 크게 웃었다.

“하하, 벌써 시간이 이렇게 흘렀네요. 여기서 올해의 가수왕 시상식 1부를 마치고, 잠시 광고 후에 2부에서 다시 찾아뵙겠습니다.”

그렇게 시상식 1부가 끝났다.

*　　　*　　　*

“以下是今年最閃耀的最佳影片獎(다음은 올해를 빛낸 작품상입니다).”

중국 13개 성에 방영된 드라마 중 최고의 작품을 선정하는 순서가 되었다.

작품상 발표를 맡은 이는 중국이 자랑하는 슈퍼스타 판싱싱이었다.

30대 중반에 접어들었지만, 그녀의 외모는 여제라 불릴 정도로 독보적인 미모와 고아함을 가지고 있었다.

판싱싱이 여제란 별명을 갖게 된 것은 그녀를 일약 스타로 만든 작품, ‘여황제 측천’에서 주인공인 측천무후 역을 맡았기 때문이다.

중국 역사 속에서 유일한 여자 황제인 측천무후에 대한 학자들의 판단은 엇갈린다.

공포정치로 국가를 농단했다는 측과 민생을 보살핀 여걸

이라는 측으로 갈려 아직도 논쟁이 이어지고 있는 것이다.

하지만 판싱싱이 열연한 '여황제 측천'에서는 후자의 주장에 더 힘을 실어 만들었다.

판싱싱의 아름다움과 당당한 연기에 더해 측천무후에 관한 긍정적인 부분들이 이미지에 덧씌워지면서 그녀는 일약 스타로 발돋움하였고, 그녀의 별명은 드라마에서 맡은 역할처럼 여제로 굳어진 것이었다.

그렇게 젊을 때에 운 좋게 빼어난 작품과 배역을 맡은 뒤로 그녀는 10년이 지난 지금까지도 여제라 불리며 중국 여자 배우로서는 독보적인 위치에 머무를 수 있었다.

그런 그녀가 오늘 중화 영상 성전에 나와 올해의 작품상 발표를 맡았다.

그녀는 손에 받아 든 카드를 조심스럽게 열고는 당선작을 발표하였다.

"올해의 작품상은……."

두두두두!

10여 년을 연예계에 종사하다 보니 그녀도 시상식의 조이는 맛을 잘 알고 있었다.

그래서 일부러 바로 당선작을 발표하지 않고 잠깐 호흡을 멈춘 뒤, 무대 아래에서 자신을 바라보고 있는 여러 배우들과 저 멀리 객석에 앉아 있는 방청객들을 쳐다보았다.

"텐진 TV 대금위입니다! 축하드립니다!"

판싱싱은 자신을 주시하는 사람들을 보며 싱그러운 미소와 함께 당선작을 발표했다.

"와아!"

"와아아아!"

짝짝짝!

판싱싱의 발표와 함께 사람들은 일제히 어느 한 지점을 바라보며 열렬한 환호와 박수를 보냈다.

바로 조금 전 판싱싱이 발표한, 올해를 빛낸 작품상을 수상한 대금위 출연 배우들과 PD, 그리고 텐진 TV의 관계자가 앉아 있는 곳이었다.

그리고 그 한가운데에 수현이 앉아 있었다.

사실 중화 영상 성전은 한국의 KTV 가요제전과 비슷한 시간에 진행되고 있었다.

즉, KTV 가요제전에 참석하면 중화 영상 성전에 출연하는 게 거의 불가능하다는 소리다.

그럼에도 지금 수현은 이 자리에 있는 이유는 간단했다.

수현의 출연을 위해 텐진 TV가 아낌없이 돈을 쏟아부은 덕분이었다.

*　　　*　　　*

웅성웅성.

"축하한다."

수현은 시상식 1부의 마지막 무대를 마치고 내려온 로열 가드 동생들에게 축하의 말을 건넸다.

비록 자신은 함께 컴백하지 못해 같은 무대에 설 수 없지만, 그럼에도 너무나 잘해준 동생들이 자랑스러웠다. 그리고 역시 마음 한편으로는 함께하지 못한 미안함도 있었다.

"형도 함께했으면 더 좋았을 텐데……."

윤호는 아쉬움이 남는지, 수현의 칭찬에 기뻐하면서도 말을 얼버무렸다.

"아니야. 전에도 이야기했지만, 올 한 해는 너희들이 로열 가드를 빛냈으니 축하를 받는 게 맞아."

사실상 끝난 이야기를 다시 꺼내든 윤호에게 수현은 다시 한 번 그를 다독여 주었다.

하지만 수현의 거듭된 위로에도 윤호나 다른 로열 가드 멤버들의 표정은 뭔가 아쉬움이 남은 듯했다.

"수현아, 뭐 하고 있어? 빨리 서둘러."

어색한 분위기 속에서 로열 가드의 총괄 매니저인 전창걸이 다가와 수현을 채근했다. 무언가 급한 용무가 있는 듯 얼굴이 다급해 보였다.

"예, 가요."

전창걸의 부름에 수현은 발걸음을 옮기며 한마디 당부를 남겼다.

"난 이만 가봐야겠다. 내가 없더라도 마무리 잘해라. 뭐, 올해 나 없이 컴백도 이렇게 성공적으로 했는데, 이후에도 잘할 수 있지? 난 바빠서 먼저 간다."

아쉬워하는 동생들을 뒤로한 채 수현은 빠르게 대기실을 나섰다.

그에게는 아직 해야 할 일이 남아 있기 때문이었다.

원래 수현은 오늘 시상식 참석을 두고 많은 고민을 했다.

KTV 가요제전이 진행되는 것과 같은 시간에 중국에서도 시상식이 있었다.

더욱이 중국에서의 시상식은 후보에 그도 포함되어 있어 무조건 출연해야만 했다.

하지만 그렇다고 KTV 가요제전을 무작정 빠지기도 뭐했다.

함께 컴백하지 못하고 동생들만 활동하게 한 것이 못내

미안한 탓이었다.

수현은 비록 같은 무대 위에 서지는 못하더라도 동생들에게 힘을 실어주기 위해 KTV 가요제전에 잠깐이나마 얼굴을 비췄다.

로열 가드의 컴백을 앞에 두고 많은 팬들이 기대를 하며 기다렸다.

그런데 안타깝게도 부득이한 사고로 인해 수현이 함께하지 못했다.

그 때문에 사실상 올해 로열 가드의 인기는 예년만 못했다.

물론 썩어도 준치라는 말이 있듯, 로열 가드는 수현이 없더라도 매력적인 면모를 잃지 않았다.

여전히 많은 팬들은 로열 가드를 아끼고 사랑해 주었다.

하지만 그렇다고 해서 수현의 부재가 영향이 없지는 않았다.

그런 이유로 올해는 로열 가드가 많은 도전을 받기도 했다.

올해의 히트송 부문에서도 그 여파가 미쳤다.

수현이 함께했다면 물어볼 것도 없이 로열 가드의 곡이 압승했을 테지만, 그러지 못해 박빙이 예상되었다.

한데 수현이 시상식에 나온다는 소문이 돌자 팬들이 일제히 로열 가드에 표를 몰아주었다.

로열 가드가 상을 수상한다면, 수현이 시상식에 나올 거라고 생각했기 때문이다.

실제로 수현이 시상식에 자리한 것을 보고 많은 팬들은 자신들의 생각이 맞았다고 기뻐했다.

하지만 수현으로서는 언제까지 이곳에 자리를 지키고 있을 수가 없었다.

솔직히 말해 KTV의 시상식은 남의 잔치였다.

수현이 직접 참여한 작품에 대한 시상은 아이러니하게도 중국이었다.

그러니 그곳에 참석하는 게 당연한 예의였다.

게다가 중화 영상 성전은 한국처럼 연예인들의 출연이 자유롭지 않았다.

중국의 중화 영상 성전은 계약의 일부인 것이다.

출연한 작품이 시상식 후보에 오르게 되면, 작품 관계자와 배우들은 무조건 시상식에 출연해야만 한다.

물론 건강상의 문제나 피치 못할 특별한 사유가 있다면 예외가 될 순 있겠지만, 그건 그야말로 특수한 경우에만 해당될 뿐이었다.

만약 특별한 일이 없음에도 시상식에 불참한다면, 거대한 위약금은 물론이고, 다음 작품 활동에 영향이 갈 수밖에 없다.

시상식에 불참한 배우의 작품을 어느 방송사에서도 계약하지 않을 것이고, 감독 역시 그런 배우는 애당초 쓰려 하지 않기 때문이다.

그런 이유로 중국의 배우들은 스케줄을 철저히 관리하여 중화 영상 성전에는 무조건 참여했다.

이는 수현도 예외는 아니었다.

수현이 처음 텐진 TV와 드라마 출연 계약을 맺을 때, 출연 작품이 중화 영상 성전의 수상 후보에 오르면 시상식에 참석하겠다는 내용이 계약서에 적시되어 있었다.

그 때문에 수현은 짧게나마 KTV의 가요제전 시상식 1부에 참석한 것이다.

하지만 더 이상 시간을 지체할 수는 없었다.

사실 이것도 텐진 TV 측에 양해를 구하고 전체적인 시간을 늦춘 것이기에 얼른 중국으로 가야만 했다.

그나마 이런 특혜가 가능한 것도 수현의 뒤에 중국 권력의 최고위층이 자리하고 있어서였다.

중국 공산당 권력의 정점에 있는 시평안 주석이 바로 수현의 인맥 중 한 명이기 때문이다.

수현은 전창걸과 함께 급하게 방송국 옥상으로 향했다.

그곳에는 헬리콥터 한 대가 수현을 기다리고 있었다.

연말에 도심을 지나 공항으로 가기 위해서는 많은 지체를 겪을 수밖에 없다. 그러기에 수현은 애당초 헬리콥터를 이용해 공항으로 가기로 계획을 세웠다.

시간당 대여비가 600만 원이나 되는 비싼 헬리콥터이지만, 어쩔 수 없는 일이었다.

헬리콥터를 타고 김포공항에 도착한 수현은 그곳에 대기 중이던 전세기를 타고 다시 상해로 날아갔다.

상해 포동국제공항에서 시상식이 벌어지는 인민회관까지는 다시 헬리콥터를 이용해 이동하기로 되어 있다.

헬기와 전용기를 연달아 이용하는 탓에 여비가 상당히 많이 나왔지만, 수현은 전혀 신경 쓰지 않았다.

어차피 중국 스케줄의 비용 일체는 텐진 TV에서 내주기로 되어 있었기 때문이다.

즉, 수현이 탄 전세기나 헬리콥터의 비용은 전적으로 텐진 TV에서 부담한다는 것이다.

그러니 수현이 지불할 비용은 KTV 방송국에서 김포공항으로 이동할 때 사용한 헬리콥터 비용뿐이다.

하지만 이마저도 수현이 낼 필요는 없었다.

비록 수현이 필요에 의해 콜을 하였지만, 이제는 세계적인 스타가 된 수현을 위해 KTV에서 특별히 방송국 헬리콥터를 내주었기 때문이다.

한마디로 지금 타고 가고 있는 헬리콥터는 KTV 소속 헬리콥터란 소리였다.

물론 KTV나 텐진 TV로서는 많은 비용을 소모하는 일이었다.

하지만 그렇다고 손해가 있는 것은 아니다. 오히려 사용한 비용 이상으로 이익을 뽑아낼 수 있었다.

대한민국을 벗어나 세계적 스타가 된 수현이 시상식에 참석하는 것만으로도 시상식의 권위가 훌쩍 올라가기 때문이다.

이는 KTV나 텐진 TV, 모두 마찬가지였다.

*　　　*　　　*

수현은 중화 영상 성전의 2부가 시작하고 얼마 지나지 않아 시상식장에 도착할 수 있었다.

다행스럽게도 텐진 TV에서 출품한 대금위가 후보작으로

나온 작품상의 발표가 있기 전이었다.

“여, 친구. 오랜만이야.”

7월 중순, 마지막 촬영이 끝나고 무려 5개월 만에 보는 수현을 보며 황카이가 반갑게 맞이해 주었다.

“이 카사노바, 여전히 얼굴이 뺀질거리는구나?”

밝게 웃어 보이는 황카이를 보며 수현은 그의 별명을 부르며 얼싸안았다.

중국은 땅이 넓은 만큼 사람이 많고, 젊은 남자 배우들도 많았다. 하지만 그중에서도 황카이는 무려 4대천왕이라 불릴 만큼 인기가 대단했다.

그는 자신의 잘생긴 외모를 잘 인지하고, 또 그것을 적절히 사용할 줄 아는 배우이기도 했다.

잘생긴 외모에 낮고 묵직한 목소리로 남자다움이 물씬 풍기는 황카이는 학력도 칭화대를 나올 만큼 뛰어났다.

별명인 카사노바처럼 잘생긴 외모에 박학다식하다 보니, 여성들에게서 얻는 인기는 가히 절대적이었다.

실제로 대금위를 촬영하던 중 수현과 함께 투 샷이 잡힐 때면, 이를 지켜보는 촬영 스텝이나 방송을 본 시청자들은 넋을 잃고 빠져들었다.

수현이나 황카이, 두 사람의 외모는 누가 더 낫다고 우열을 가릴 수 없을 만큼 뛰어났다.

다만, 황카이의 외모가 중국인들이 더 선호하는 굵은 남성성을 발산했다.

물론 그렇다고 수현의 외모가 마냥 여성스럽다는 것은 아니었다.

수현의 외모는 바라보는 각도에 따라 그 느낌이 달라지는 경향이 있기 때문이다.

어떤 각도에서는 황카이 이상의 남성미를 발산하기도 하고, 또 어떤 때는 상당히 부드러운 이미지, 즉 스위트 가이의 모습을 보이기도 했다.

그러다 보니 황카이를 좋아하는 여성들의 연령대는 한정적인 데 반해 수현을 좋아하는 여성들의 연령대는 폭이 넓었다.

게다가 황카이가 카사노바 이미지로 남성들의 질투를 받는 데 비해 수현은 남성들에게도 인기가 많았다.

그도 그럴 것이, 수현이 평소에 보여주는 이미지는 항상 노력하고 정의로운 모습을 보여주는 전형적인 호인이었기에 남성 팬들도 수현을 싫어할 수가 없었다.

그러니 비록 중국인은 아니지만, 수현은 남녀노소 나이와 성별에 구애되지 않고 인기가 많았다.

"와아아아!"

수현과 황카이, 두 사람이 포옹하는 모습을 2층 객석에서 보고 있던 팬들은 자신도 모르게 환호를 내질렀다.

포옹하는 두 사람의 중앙에 자신이 있다는 망상이라도 한 것처럼 얼굴이 붉어지며 말이다.

"이번에 너, 주연 후보에 들었더라."

황카이가 수현과 함께 자리에 앉으며 이야기를 했다.

"큭, 이거… 나만 후보에 오른 것처럼 말하네? 너도 함께 후보에 올랐다는 것을 내가 모를 줄 알아?"

황카이의 말에 수현이 빙그레 미소를 지으며 대답하였다.

"하하, 그건 또 언제 들었대?"

설마 그런 것까지 알고 있을 것이라고는 생각 못한 황카이는 놀란 눈으로 수현을 보며 이야기했다.

"그거야 오면서 들었지."

"그래? 그나저나 너도 참 바쁘게 산다."

"그러게 말이다."

황카이는 오늘 시상식에 오기 전, 수현의 스케줄에 대해 이야기를 들었다.

대금위 촬영을 하면서 친구가 된 수현을 오랜만에 볼 수 있다는 것에 기분이 좋았다.

하지만 막상 시상식장에 도착했을 때 수현이 조금 늦을 거란 소식에 무척이나 실망하기도 했다.

하지만 그 이유가 그가 속한 그룹의 동생들 때문이란 것을 듣고 나서, 수현은 정말 의리가 넘치는 남자라 생각하며 다시 한 번 호감을 갖게 되었다.

그가 지금까지 봐온 사람 중에 수현처럼 최고의 자리에 앉아 찬사를 받으며 사는 연예인들 중 주변을 챙기는 사람은 거의 보지 못했다.

공산주의 사회인 중국에서 자본주의가 허용되고 개인주의적 사상이 팽배해지면서 중국은 더 이상 인민을 위한 나라가 아니게 되었다.

황금만능주의가 질병처럼 창궐하면서 국가 권력자들은 물론이고, 사회의 밑바닥 인생들까지 오로지 돈에, 돈을 위한 삶을 살 뿐이다.

그러다 보니 돈과 연관되어서는 혈육조차도 적이 되는 사회가 되어버렸다.

물론 아직도 예전의 전통을 잃지 않고 가족애를 실천하는 가정도 많다.

하지만 황카이가 살아오며 봐온 대다수의 경우는 그렇지 못했다.

자신의 경우만 봐도 그랬다.

배우의 길에 들어서 온갖 고생 끝에 인기를 얻어 스타가 되자, 그전까지는 자신을 무시하던 이들이 웃으며 접근해 왔다.

그들은 친척이라며, 친구라며 친분을 내세워 어떻게든 자신에게서 콩고물이라도 받아먹으려고 하는 이들이 태반이었다.

더욱 역겨운 것은 가까운 친척들일수록 더욱 극성이라는 점이었다.

황카이의 유년 시절은 그리 풍족하지 못했다.

그의 아버지는 농촌을 떠나 도시로 온 노동자였다. 즉, 하루 벌어 하루를 살아가는 밑바닥 계층인 것이다.

물론 그의 친척들도 잘사는 형편은 아니었다.

하지만 자신의 아버지처럼 물려받은 것이 아무것도 없어 힘없는 농민공이 되지는 않았다.

집안에 소작할 농토가 있어 먹고사는 것에는 아무 지장이 없는, 삶을 살기에 모자랄 것 없는 사람들이었다.

그에 비해 물려받은 것이 전혀 없던 황카이의 아버지는 돈을 벌기 위해 도시로 갈 수밖에 없었다.

그리고 그곳에서 비슷한 처지인 어머니를 운명처럼 만나

결혼을 하고 황카이를 낳았다.

원래도 형편이 안 좋았는데 결혼을 하고 육아까지 하다 보니 집안 사정은 더욱 어려워졌다.

그 가난에 불을 지핀 것은 다름 아닌 친척들이었다.

그들은 집안을 이어야 한다고 주장하며 두 젊은 부부를 괴롭혔다.

결국 황카이의 어머니는 남아를 임신하기 전까지 강제로 중절 수술을 받아야 했다. 무려 두 번이나.

그 결과, 그녀는 몸과 마음이 무너져 내렸다.

사랑의 결실인 자식을 여아라는 이유만으로 중절해야 했으니, 이 얼마나 크나큰 충격이 아닐 수 있겠는가.

그 때문인지 황카이의 어머니는 그가 태어나고 얼마 지나지 않아 시름시름 앓다가 생을 마감하였다.

시간이 지나고 나서야 이러한 비밀을 알게 된 황카이는 그 뒤로는 친척들을 증오하며 더 이상 만나지 않았다.

살아생전에는 아무런 도움도 주지 않으면서 가문이라는 이름으로 어머니를 힘들게 하고, 급기야 죽음에 이르게 한 그들을 용서할 수가 없었다.

그들 때문에 자신이 태어날 수 있었지만, 용서는 그것과는 별개의 문제였다.

그렇게 타인에 관해 부정적인 생각을 가지고 있던 그이지만, 수현을 만나면서 관념이 조금 바뀌었다.

언제나 주변을 살피고 어려운 이웃을 돕는 것에 망설임이 없는 수현을 보면서 황카이는 신선한 충격을 받았다.

중국에서는 타인의 어려움에 일절 관여하지 않는다.

자칫 도움을 주고도 오히려 가해자로 몰려 피해를 보는 사례가 적지 않기 때문이다.

실제로 어떤 사람은 뺑소니 사고를 당한 사람을 도왔다가 가해자로 몰려 거액의 돈을 뜯긴 경우도 있었다.

또 다른 경우는 도움을 청하는 임산부를 돕던 간호사가 그들 부부에 의해 잔인하게 강간 살해당하는 일도 있었다.

물론 그 부부는 범죄 사실이 밝혀져 사형을 당하기는 했지만, 아무튼 남을 돕다 피해를 보는 일들이 워낙 많다 보니 중국에서는 타인의 불행에 무관심하게 되었다.

분명 문제가 있는 상황임에도 중국 지도부는 물론이고, 시민들조차 어쩔 수 없다고 생각했다.

수현 역시도 중국에서 선행을 베풀다 피해를 보았고, 자칫 죽을 수도 있었다.

물론 방금 전의 예와는 다른 상황이지만, 어찌 되었든 외국인인 수현이 망나니 같은 중국인에 의해 심각한 생명의 위협을 겪었다는 것이 중요했다.

당시 황카이는 수현을 덮친 범죄자가 같은 중국인이라는 사실에 못내 미안해했다.

하지만 수현은 그런 사고를 겪었음에도 방송에 출연하여 인터뷰할 때, 중국 사람들을 싫어하지 않는다 말했다.

수현은 중국인들이 나쁜 것이 아니라, 그 사람이 나쁜 것이란 말을 하며 자신에게 미안해하는 중국인들을 위로해 주었다.

황카이는 그런 수현의 모습에서 정말로 존경할 만한 사람이라 느꼈다.

그리고 그 인터뷰를 본 뒤로 황카이는 더욱 수현과 가까워지기 위해 노력하였다.

그런 노력에 힘입어 드라마 촬영이 모두 끝났을 때, 두 사람은 상당히 가까운 관계가 돼 있었다.

"이제 오늘 시상식의 마지막 발표만이 남았군요."

수현과 황카이가 그동안 서로의 안부를 물으며 이야기를 주고받는 동안, 어느새 중화 영상 성전도 마지막 시상만을 남겨두고 있었다.

한 해 동안 중국의 수많은 방송국에서 100편이 넘는 드라마가 방영되는데, 그중 최고의 연기를 펼친 주인공을 가리는 무대만 남은 것이다.

시상을 맡은 연예인이 주연 후보들을 소개해 나갔다.

"주연 후보로는 전랑의 주운걸, 전랑은……."

작품과 해당 배우가 극중 어떤 역할을 맡았는지 하나하나 설명하며 발표가 이어졌다.

그런데 뜻밖에도 마지막 후보에서 배우 두 명이 함께 호명되었다.

하지만 어느 누구도 후보 발표에 이의를 제기하지 않았다.

그도 그럴 것이, 작품은 물론이고, 후보자 두 명도 중화영상 성전의 남자 주연 배우 대상 후보에 선정되기로 전혀 부족하지 않았기 때문이다.

"텐진 TV 대금위의 황카이, 황카이는 대금위에서 황제의 비밀 호위인 부대의 천호장으로 출연하여 뛰어난 연기는 물론이고, 박진감 넘치는 무술 실력까지 선보이며 열연하였습니다."

"와아!"

짝짝짝짝!

"그리고 또 한 분의 마지막 후보로는 방금 제가 설명드린 대금위에서 황카이와 함께 또 다른 천호장 역할을 맡은 분입니다. 바로 제국을 농단하는 환관 세력에 맞선 황제의 배다른 형제 역을 맡아 열연한 정수현입니다!"

"와아! 와아!"

"수현! 수현! 수현!"

다른 후보들이 발표되었을 때 박수와 환호에 그친 것과는 반응의 차원이 달랐다.

마지막 주연 후보로 수현이 발표가 되자, 장내에선 연신 수현의 이름이 크게 울려 퍼졌다.

Chapter 7

인맥 쌓기

우우우웅!

수현은 지금 미국으로 날아가는 중이었다.

중국의 중화 영상 성전이 끝나기 무섭게 다시 비행기를 몸을 실은 것이었다.

그가 미국으로 가는 이유는, 세계적인 음악 시상식인 그래미 시상식에 초대됐기 때문이다.

수현은 현재 일반적인 사람이라면 도저히 불가능한 스케줄을 소화하고 있었다.

한국과 중국에 이어 미국의 시상식까지… 하루에 무려 세 번의 시상식에 참석하는 것이다.

하지만 어디 하나 빠질 수 있는 시상식이 없었다.

한국에서는 로열 가드의 무대, 중국에서는 대금위의 수상식.

이번 그래미 시상식에서도 수현이 작곡한 곡으로 특별 무대를 꾸민다는 이야기를 들었다.

그렇기에 정신없는 스케줄이 될 것을 알면서도 그래미 시상식에 참석하기로 결정한 것이었다.

수현이 처음으로 작곡한 'Freedom'은 미 전역으로 봤을 때 무명이던 존 존스를 일약 스타덤에 올려놓으며 선풍을 일으켰다.

비록 빌보드 차트에서 1위는 하지 못했지만, 그 인기는 아직도 꾸준하게 성장 중이었다.

그 때문에 존 존스는 그래미 시상식에 초청되어 특별 무대를 갖게 되었고, 작곡자인 수현도 덩달아 그래미에 초대되었다.

물론 수현이 그래미에 초대된 것은 작곡자란 이유뿐만은 아니다.

수현이 미국에서 '히어로 정'이라 불리게 된 선행으로 이름을 알린 것이 결정적인 계기였다.

즉, 그래미 역시도 수현의 유명세를 이용한다는 것이라고 보는 것이 맞았다.

그게 아니라면 아직까지 미국에서의 활동이라곤 토크쇼 출연밖에 없는 수현을 굳이 그래미에서 초청할 이유가 없었다.

드르릉, 쿠우~ 드르릉, 쿠우~

수현의 옆자리엔 전창걸이 피로에 찌든 채 코까지 골아가며 자고 있었다.

짧은 시간 동안 헬리콥터와 비행기를 번갈아 타며 정신없이 이동하다 보니 지친 것이다.

스타 라이프의 비호를 받는 수현조차도 피곤함을 느낄 정도이니, 일반인인 전창걸이 버텨낼 수 없는 건 당연한 일이었다. 그래서 전창걸은 비행기에 오르자마자 잠이 들었다.

전창걸은 로열 가드를 총괄하는 매니저이자 간부 직원이다.

그러니 원칙대로라면 그가 아닌 다른 매니저가 수현을 수행해야 하는 것이 맞았다.

하지만 다른 매니저들은 여유가 없었다.

수현을 여태껏 수행해 온 용근이나 로열 가드에 몸담은 매니저들은 올 한 해 미치도록 바빴기 때문이다.

용근은 중국에서 드라마 촬영을 하는 수현을 수행하느라

한시도 쉬지 못해 로열 가드가 휴식기에 들어가면 따로 휴가를 챙겨주기로 하였다.

또한 수현이 없는 상태로 컴백한 로열 가드의 맴버들을 케어하기 위해 전창걸을 포함한 모든 매니저들이 많은 고생을 했다.

그래서 연말 시상식이 끝나고 나면 다 같이 휴가를 갖기로 했다.

그런데 뜻하지 않게 수현에게 아주 중요한 스케줄이 생긴 것이다.

물론 수현이 이를 거절하면 모두가 편했을 것이다.

그렇지만 다른 곳도 아니고, 전 세계적 음악 시상식이라 할 수 있는 그래미 시상식의 초청이었다.

그러지 않아도 미국에 진출한다는 원대한 계획을 세우고 있는 로열 가드다.

그런 로열 가드의 리더인 수현을 그래미 시상식에서 특별 게스트로 초대했다는 것은 무척이나 호재였다.

그게 무슨 말인가 하면, 이번에는 비록 작곡가로서 초청이 되는 것이지만, 앞으로 있을 킹덤 엔터나 로열 가드의 미국 데뷔에 충분히 큰 도움이 된다는 의미였다.

그러니 이재명 사장을 비롯한 킹덤 엔터의 임직원 일동은 수현이 그래미에 참석해 주었으면 하는 바람이 컸다.

그리고 그건 로열 가드 멤버들 또한 마찬가지였다.

처음 아이돌 데뷔도 그렇지만, 로열 가드 멤버들은 수현의 유명세의 수혜를 가장 톡톡히 본 사람들이다.

그간 많은 대한민국의 톱스타들이 미국 연예계에 도전했다.

미남 배우 장동권, 카리스마 넘치는 이병원이나 국내에선 그리 큰 인기를 끌지 못했지만, 미국 드라마에서는 호평을 받은 김연진, 아이돌 가수이면서도 할리우드까지 진출한 월드 스타 레인 등, 많은 톱스타들이 미국 시장에 도전했지만, 눈에 띌 정도로 크게 성공하진 못했다.

물론 나름 좋게 평가를 하는 이들도 있기는 하지만, 다른 할리우드 영화에 캐스팅이 되지 않는 것을 보면 어렵지 않게 짐작할 수 있는 대목이다.

그러다 보니 킹덤 엔터의 입장에서는 성공적인 데뷔를 위해선 준비가 철저할수록 좋은 것인데, 그래미에서 먼저 연락이 왔으니 호재가 아닐 수 없었다.

수현 또한 굳이 한국에 남아 있을 생각이 없었기 때문에 그래미의 초청에 응하기로 하였다.

그런데 여기서 문제가 발생했다.

킹덤 엔터 매니저들이 모두 지쳐 있는 상태에서 누가 그래미에 가는 수현을 수행할 것인가 하는 문제였다.

조금 전에 설명했다시피, 다른 매니저들은 모두 휴가를 떠날 생각에 들떠 있는 상태였다.

특히나 용근은 더욱 그러하였다.

용근은 수현의 중국 스케줄이 끝나면 바로 한국으로 귀국해서 휴식을 가질 예정이었다.

하지만 수현이 뜻밖의 사고를 당하고, 로열 가드가 많은 케어를 필요로 하는 시점인지라 제대로 쉬지도 못하고 바로 매니저 업무에 투입되었다.

로열 가드 맴버들은 리더인 수현의 앞에서야 말 잘 듣는 강아지 같지만, 매니저들에게는 전혀 그렇지 않았다.

물론 강아지는 맞지만, 그 유명한 3대 악마견이라 불리는 비글이나 슈나우져, 코카 스파니엘에 비견될 만큼 악동들이었다.

그런 로열 가드 맴버들을 탈선하지 않고 바른길로 인도하기 위해 그야말로 모든 것을 던져 가며 고생한 매니저들이다.

그러니 그 수고에 보답하기 위해 이번에는 총괄 매니저인 전창걸이 해외로 나가는 수현을 수행하게 된 것이다.

물론 총괄 매니저인 전창걸 역시 로열 가드의 매니저들이 고생할 때, 편하게 구경하며 휴식을 취한 것은 아니었지만.

오히려 총괄 매니저이다 보니 더욱 바쁘게 일을 했다.

직급이 있는 만큼 월급도 일반 매니저들에 비해 더욱 많이 받는다.

당연히 그에 따른 의무나 책임감이 클 수밖에 없고, 다른 매니저들이 휴식을 취할 때, 솔선수범하여 수현의 남은 스케줄을 따라나선 것이다.

* * *

수현은 무려 열다섯 시간을 날아 뉴욕 매디슨 스퀘어 가든에 도착하였다.

하지만 여전히 시간이 부족했다. 뉴욕 JFK 국제공항에 내리자마자 수현과 전창걸은 곧장 매디슨 스퀘어 가든으로 향했다.

숨을 몰아쉬며 도착한 수현을 가장 먼저 반긴 것은 그의 곡을 받고 일약 스타덤에 오른 존 존스였다.

"헤이, 브라더! 이쪽이야."

흰색 셔츠에 멋들어진 검정색 정장을 걸친 그는 목과 손에 값비싼 보석으로 세공된 목걸이와 반지를 주렁주렁 매달고 있었다.

말쑥한 정장과는 어울리지 않게 요란한 금목걸이와 화려한 반지를 낀 모습에 수현은 황당하다는 표정으로 입을 열었다.

"…존스, 그게 다 뭐야?"

너무나 황당한 탓에 수현은 저도 모르게 한국어로 말을 꺼냈다.

그런 수현의 중얼거림에 놀랍게도 존 존스는 웃으며 어눌한 한국어로 대답을 했다.

"암… 오늘 암, 무대, 음… 뮤직 부른다. 낫, 멋있다."

그 모습이 마치 2000년도 초의 메이저리그에서 활약하던 한국 출신 투수 박찬우 선수를 연상시켰다.

당시 박찬우 선수는 오랜 미국 생활로 오히려 한국어가 어눌해졌는데, 당시 그의 인터뷰는 그래서 그의 흑역사가 되기도 했다.

어쨌든 수현은 존 존스가 자신 때문에 한국어를 단기간에 이렇게나 익혔다는 사실에 놀라워했다.

사실 한국어는 세계적으로도 배우기 힘든 언어로 알려져 있다.

그런데 비록 몇몇 단어가 틀리고 어색하긴 해도 알아들을 수 있게 구사한다는 것 자체가 대단한 일이었다.

수현과 존 존스가 인연을 맺게 된 기간은 불과 4개월이다.

그것도 두 사람 다 연예인이라 방송 스케줄이나 공연 등으로 여가 시간이 충분하지도 않다.

옛말에 사별삼일이면 괄목상대라 했다지만, 전혀 접점도 없던 언어에 관심을 가지고, 그것도 바쁜 스케줄을 소화하면서 배운다는 것은 웬만한 각오를 가지지 않고서는 실천하기 힘든 일이다.

그런 사실을 누구보다도 잘 알고 있는 수현은 우스꽝스러움을 감수하면서까지 한국어로 말을 건네려는 존 존스를 환하게 웃으며 그의 노력을 칭찬했다.

"와우, 존스. 너 언제 한국어 그렇게 배운 거야? 혹시 나 만나기 전에 한국어 배운 거 아니야? 정말 한국말 잘한다."

수현은 존 존스의 한국어 실력에 놀라워하며 진심과 애정을 담아 칭찬했다.

수현의 칭찬에 존 존스도 기분이 좋은지, 하얀 이가 도드라지게 활짝 웃으며 대답하였다.

"하하, 브라더와 더 친해지고 싶어 배우기 시작했는데,

한국말이 좀 어렵기는 해도 들으면 들을수록 사랑스럽고 쉽더라고. 다음에는 곡에도 넣어볼까 생각 중이지."

수현도 어디선가 비슷한 내용의 이야기를 들어본 것 같았다. 서양인들이 듣기에 한국어는 왠지 사랑스러운 고양이가 갸릉거리는 소리처럼 들린다고들 했다.

그리고 이는 존 존스도 예외는 아니었다.

관심이 없을 때에야 시끄러운 소음 정도로 느껴졌지만, 수현 때문에 한국에 대해 관심이 생기고 한국에 대해 알아가다 보니 한국어에 대한 매력이 머릿속으로, 또 가슴으로도 느껴진 것이다.

그러다 보니 그의 한국어 실력은 일취월장했고, 불과 몇 개월 되지 않았음에도 기본적인 단어를 이용한 소통이 가능했다.

물론 아직까지는 빠르게 이야기하면 알아듣기 힘들지만, 천천히 이야기를 나누면 충분히 알아듣고 대화할 수 있었다.

그렇게 두 사람은 레드 카펫 위를 걸으면서 이야기를 나눴다.

번쩍! 번쩍!

한편, 주변에선 기자와 팬들이 두 사람의 사이 좋은 모습을 카메라와 휴대폰에 담기 바빴다.

"헤이, 히어로 정, 킹 존. 여기 좀 봐주세요!"

가이드라인 밖에 있던 팬들이 두 사람의 닉네임을 부르며 발걸음을 붙잡았다.

존 존스야 원래 킹 존이 닉네임이니 상관없지만, 수현은 데일리 카슨 쇼에서 샘 앤더슨이 우스갯소리로 부른 '히어로 정'이라는 별명이 이제는 거의 닉네임으로 굳어지고 있었다.

이 부분이 앞으로 수현의 행보에 어떤 영향을 줄진 모르겠지만, 현재는 연예인으로서의 정수현이 아닌, 히어로 같은 정의감을 가진 그의 모습이 더욱 부각되어 '히어로 정'이라 불리고 있었다.

자신들을 부르는 어린 팬의 목소리에 두 사람은 걸음을 멈추고 소리가 들려온 쪽으로 시선을 주었다.

찰칵! 찰칵!

"와아!"

수현과 존 존스가 포토라인이 아님에도 그 자리에서 포즈를 취해주자 팬들은 일제히 환호하며 그 모습을 카메라에 담았다.

사실 포토라인은 팬들이 아닌, 그래미를 취재 온 기자

들을 위한 자리이기에 스타들은 종종 레드 카펫을 걷다 팬들의 요구로 이렇게 걸음을 멈추고 포즈를 취해주기도 한다.

이는 팬들의 관심을 먹고사는 스타라면 당연한 일이었다.

자신들을 찍는 팬들을 향해 이것저것 포즈를 여러 번 취해준 뒤, 두 사람은 야외 진행을 맡은 MC에게 걸어갔다.

이는 사전에 약속된 일정이었다.

한국이나 미국이나 시상식의 상식은 크게 다르지 않았다.

다른 스타들이 도착하는 속도에 맞춰 레드 카펫을 천천히, 또는 빠르게 걸어야 했다.

그럼으로써 스타에게는 팬들과 소통할 시간을 주는 것이고, 또 시상식을 좀 더 사람들에게 알리기 위해 철저히 연구된 일종의 룰이었다.

찰칵! 찰칵!

"오우, 이게 누구신가! 살인 곰에게서 위기에 처한 소년을 구한 슈퍼 히어로와 프리덤이란 앨범을 가지고 깜짝 등장해 은하에 합류한 킹 존이 아닙니까!"

그래미의 야외 MC를 맡은 크리스 론이 호들갑을 떨며 수현과 존 존스를 맞이해 주었다.

"헤이, 브라더. 피부는 검지만 별처럼 반짝이게 된 것을 축하해."

크리스 론은 특유의 까불거리는 말투로 존 존스를 보며 그가 유명 인사의 대열에 합류하게 된 것을 축하해 주었다.

미국 흑인 특유의 과장된 제스처를 하며 두 사람은 마치 정말로 친한 형제처럼 인사를 주고받았다.

한편, 그런 두 사람의 모습을 수현은 옆에서 멀뚱히 쳐다보았다.

뭔가 그들만의 교감이 있으니 저럴 것이라 생각하며 자신의 차례를 기다리는 수현이었다.

"오우, 슈퍼 히어로, 슈퍼 히어로!"

존 존스와 인사를 마친 크리스는 이번에는 수현을 보며 마치 예술 작품 감상하듯 상체를 살짝 뒤로 물리며 수현에게 소리쳤다.

그러고는 수현의 팔과 가슴을 손가락으로 꾹꾹 누르기 시작했다.

잠시 후, 그는 깜짝 놀란 표정을 지으며 소리쳤다.

"슈트를 입고 왔어, 슈트!"

정장 입은 수현을 바블 코믹스의 인기 슈퍼 히어로인 '스틸 맨'의 강철 슈트에 빗대 소리친 것이다.

누가 코미디언 아니랄까 봐 그의 말과 행동에서는 재치와 재미가 느껴졌다.

“하하, 고마워. 크리스, 나도 너 알아.”

“응? 슈퍼 히어로가 날 알고 있다고?”

크리스 론은 수현의 말에 놀란 눈으로 물었다.

그러자 수현은 빙그레 미소를 지으며 그의 말투를 따라 했다.

“물론이지. 흠흠, 미국 사회에서 블랙 맨이 경찰들에게 폭행당하지 않으려면… 첫 번째 친구를 잘 사귀어야 한다. 미친놈과 함께 차에 동승하면 경찰에게 맞을 수 있으니 절대로 미친놈은 차에 태우지 않는다. 둘째, 애인을 화나게 만들지 않는다. 화난 애인은 경찰에게 당신을 폭행당하게 만들 수도 있으니 절대로 화나게 해선 안 된다. 셋째…….”

수현은 크리스 론이 예전에 선보인 블랙 코미디를 흉내 내며 말투를 따라 했다.

그런 수현의 모습에 크리스 론은 물론이고, 존 존스와 주변에 있던 많은 사람들이 환호를 보냈다.

“와우!”

“하하, 정말 똑같아!”

수현의 흉내가 끝나자 크리스 론은 환하게 웃으며 조금 더 다정하게 말을 걸어왔다.

"이런, 블랙 피플 형제보다 여기 피부색 다른 슈퍼 히어로가 내 진짜 잃어버린 형제인 것 같아."

"하하하!"

크리스 론은 수현이 자신의 쇼를 재연하자 화들짝 놀란 척하며 마치 잃어버린 형제를 찾았다는 듯이 떠들어 댔다.

그에 주변에 있던 사람들이 또 한 번 크게 폭소를 터트렸다.

사실 누가 봐도 크리스 론과 수현은 닮지 않았다.

흑인과 황인이라는 피부색을 떠나서, 모델 빰치게 멋진 수현과 장난기 가득한 크리스 론은 눈을 씻고 봐도 닮은 구석이 하나도 없었다.

그럼에도 능청스럽게 수현에게 어깨동무를 하며 형제라고 떠드는 크리스의 모습에 주변 사람들은 물론이고, 수현도 박장대소를 하였다.

한참 그렇게 웃고 떠드는 사이, 크리스 론에게 다음 스타가 들어오고 있다는 연락이 왔는지 급하게 마무리 멘트를 날렸다.

"자, 이제 마지막 질문이야. 두 사람, 앞으로의 계획에 대해 이야기해 주겠어?"

크리스 론의 질문을 받은 수현과 존 존스는 이것이 그의 마지막 멘트란 것을 깨닫고 신중히 입을 열었다.

"음, 시상식이 끝나면 투어 준비를 할 거야. 대략 2월 초부터 전국을 돌아다닐 예정이지."

존 존스가 먼저 질문에 대답했다.

두 사람 다 그래미에 초청을 받았다고는 하지만, 존 존스는 현역 래퍼다. 그리고 오늘 무대에서 노래를 부르기 위해 오르는 사람이니 그가 메인일 수밖에 없는 것이다.

간략하게 계획을 밝힌 존 존스의 뒤를 이어 이번에는 수현이 대답하였다.

"울프 TV에서 내년에 방영되는 새 드라마 시리즈에 출연하게 되었어. 촬영은 11월에 들어갔고, 3회 방영분까지 촬영이 끝난 상태야."

"오우, 그럼 내년에 히어로 정이 출연한 드라마를 볼 수 있다는 말이야?"

크리스는 수현의 갑작스런 데뷔 소식에 놀라 눈을 크게 뜨고 재차 물었다.

"그래. 내년에는 드라마뿐만 아니라 내가 속해 있는 그룹도 미국에서 활동하기 시작할 테니, 많은 관심 부탁해."

수현은 내년 행보는 물론이고, 로열 가드에 대한 홍보도 잊지 않았다.

"맞아, 수현은 배우이면서 가수이고, 또 작곡가이기도 해. 그러니 그의 앨범도 기대하라고."

존 존스는 마치 수현의 매니저인 것처럼 적극적으로 홍보를 해주었다.

"오케이. 내가 잃어버린 형제를 찾은 기념으로 내 인맥을 총동원해서 형제를 홍보해 줄게."

수현은 크리스 론이 말투는 가볍지만, 보이는 그대로의 밝은 기운을 발산하는 사람이란 느낌을 받았다.

이건 존 존스와는 또 다른 느낌이었다.

존 존스를 처음 만났을 땐 거칠지만 섬세하고 배려심이 있는 내면을 느낄 수 있었다. 그랬기에 보이는 것과 달리 존 존스를 신뢰할 수 있었다.

그런데 오늘 만난 크리스 론은 처음부터 밝은 기운이 넘쳐 나 주변 사람들까지 활력 넘치게 하는 사람이란 느낌을 받았다.

왠지 크리스 론 역시 수현에게 소중한 인연이 될 것 같다는 확신이 들었다.

"그럼 나야 고맙지."

"또 다른 손님이 오네. 오늘 이야기 재미있었어."

"그래, 내 잃어버린 형제. 다음에는 잃어버리지 말고 밥이나 함께 먹자고."

수현도 포토 존을 떠나면서 크리스 론에게 농담 반, 진담 반을 섞어 차후의 만남을 기대한다는 뜻을 전했다.

이는 한국의 전형적인 인사말이지만, 크리스 론은 곧이곧대로 듣고 수현을 불러 세우며 말했다.

"그래? 흠, 1월은 나도 가족과 지내야 하니 시간이 안 되고, 2월 8일 어때?"

"어, 어… 2월 8일? 그래, 알았어."

수현은 크리스 론의 빠른 대답에 처음에는 당황했지만, 언젠가 이와 비슷한 이야기를 들은 기억이 있기에 바로 이해하고 약속을 잡았다.

사실 수현도 처음에는 인사치레로 한 말이지만, 어느 정도 진실도 담겨 있기도 해서 약속을 잡은 것이다.

그런 두 사람이 부러웠는지 존 존스도 끼어들었다.

"좋아, 나도 그날 시간을 내도록 하지."

그렇게 세 사람은 뜻하지 않게 내년 2월 8일에 식사 약속을 잡았다.

*　　　*　　　*

크리스 론과 헤어져 시상식장 안으로 들어선 수현은 그래미 시상식장의 내부 시설에 깜짝 놀랐다.

한국이나 중국의 시상식장도 무척이나 화려했는데, 그래미는 그에 비할 바가 아니었다.

정말 세계적인 명성만큼이나 화려하면서도 웅장한 기품이 있었다.

"휘우~"

저도 모르게 휘파람을 부는 수현과 그 옆에서 분위기에 압도된 존스가 떨떠름한 얼굴로 서 있었다.

평소 자신감 있게 행동하던 존 존스는 그래미 내부 분위기에 완전히 압도되었는지 멍한 표정으로 주변만 둘러볼 뿐이었다.

탁.

"존스, 뭘 그리 기죽어 있어? 너 스스로 왕이라고 말했잖아, 킹 존!"

수현은 그래도 몇 번의 시상식 경험이 있어 금방 정신을 차렸다.

하지만 존 존스는 여전히 얼이 빠진 상태라서, 수현은 그의 등을 손바닥으로 치며 일깨워 주었다.

"아, 맞아. 난 킹 존이야, 킹 존."

수현의 격려에 존 존스는 그제야 정신을 차리고 평소대로 돌아왔다.

그때, 주변을 둘러보고 있는 두 사람에게 누군가가 다가와 말을 걸었다.

정확하게는 두 사람이 아닌 수현에게였지만.

미국은 다양한 인종이 모여 이룩된 나라다.

그렇지만 유서 깊은 그래미 시상식에서 아시아 인종, 즉 황인종을 보는 경우는 극히 드물었다.

몇 년 전 한국의 가수, 상이가 '압구정 스타일'로 너튜브에서 10억 뷰 이상 검색되면서 그래미에 초대받기도 했지만, 그건 극히 드문 경우였다.

하지만 수현의 얼굴은 올해 가장 화제가 되었기에 가수 상이 이상으로 그의 얼굴을 알아보는 사람이 많았다.

그리고 지금 그에게 다가온 사람도 그중 한 명이었다.

"헤이, 슈퍼 히어로."

자칭 힙합의 신이라 주장하는 에비넴이었다.

에비넴은 한국에서도 워낙 유명하고, 또 내한 공연도 자주 가진 가수였다. 그는 Popcon TV와의 인터뷰에서 한국 팬들에 대한 긍정적인 멘트를 하면서 더욱 화제가 된 톱스타다.

그런 에비넴이 다가와 말을 걸자 수현은 순간 당황해 어떤 말을 해야 할지 몰라 그만 벙어리가 되고 말았다.

그리고 그건 수현의 곁에 있던 존 존스 또한 마찬가지였다.

그의 장르인 힙합계에서 가히 정점에 있는 스타 중 한 명이 바로 에비넴이다.

그런 우상이 자신의 앞에 나타나 말을 걸고 있으니 얼마나 당황스럽겠는가. 얼어붙은 두 사람의 모습에 에비넴은 다시 한 번 말을 걸었다.

"혹시 나 몰라? 힙합의 신, 에비넴인데……."

"아, 실례했습니다. 생각지도 못한 슈퍼스타가 제게 말을 걸어주니 당황했습니다."

수현은 얼른 정신을 차리고 사과했다.

평소 스스로가 담대하다 생각해 온 수현은 이 순간, 자신도 보통 사람임을 깨달았다.

신체 능력이 일반인들에 비해 몇 배나 뛰어나고, 또 스타 라이프 시스템의 영향으로 다양한 재능을 가지게 되면서 수현은 은연중 자신을 평범하지 않다고 생각하고 있었다.

그런데 이렇게 유명 스타가 말을 걸어주는 것에 놀라 당황하는 것을 보니, 자신의 본성이 아직 완전히 바뀐 것은 아니란 것을 새삼 깨닫게 되었다.

그저 남들보다 특별한 능력을 가진 인간, 그런 인간의 범주를 벗어나지 않은 것에 묘한 안도감을 느낀 수현은 그 뒤로 빠르게 평정심을 찾을 수 있었다.

"하긴, 신을 봤으니 당황하는 것은 당연한 거지."

농담인지 진담인지 분간이 가지 않을 만큼 진지한 표정으로 자신을 소개하는 에비넴.

그의 말투에 처음에는 도무지 적응이 힘들었지만, 계속 듣다 보니 그냥 이해가 되었다.

수현이 보기에 에비넴이나 존 존스처럼 힙합을 하는 래퍼들은 자기애가 무척이나 강하다는 것을 느꼈다.

그래서 존 존스가 자신을 힙합의 왕, 킹 존이라 부르는 것이나 에비넴이 자신을 신이라 부르는 것에 크게 거부감이 들지 않았다.

"위기에 처한 아이를 위해 스스럼없이 곰 우리에 뛰어드는 걸 나도 봤지. 정말이지 엄청난 일을 한 거야. 특히나 내 노래를 이해하는 한국인들 중 너와 같은 히어로가 나왔다는 것에 난 당연하다고 생각하고 있어."

에비넴은 수현이 4개월 전 LA 동물원에서 행한 선행을 이야기하며, 칭찬을 늘어놓다가 마지막에는 자신의 공연에서 한국 팬들이 열광하던 모습을 언급하면서 이야기를 끝냈다.

그야말로 기승전에비넴.

참으로 일관되게 자기애를 과시하는 에비넴이었다.

그런데 바로 그때, 또 다른 누군가가 다가왔다.

"헤이, 에비. 여기서 뭐 하고 있어?"

다가온 사람은 에비넴의 후원자이자 동반자이며, 힙합계에 큰 영향력을 행사하는 닥터 디레였다.

"응, 디레. 익숙한 얼굴이 보여서 이야기하고 있었어."

"그래? 누구?"

닥터 디레는 에비넴의 말에 고개를 돌렸다.

에비넴이 익숙하다는 말에 같은 성향을 가진 뮤지션이 있다고 생각하며 관심을 보인 것이다.

그런 닥터 디레의 눈에 덩치 좋은 흑인 한 명과 잘 빠진 몸매의 아시아인 한 명이 보였다.

"여기 이 친구인가?"

닥터 디레는 에비넴의 말에 존 존스를 가리키며 물었다.

"그래, 반갑다. 난 디레라고 한다."

그는 존 존스에게 손을 내밀며 자신을 소개했다.

갑자기 악수를 청하는 닥터 디레의 행동에 존 존스는 순간 당황했지만, 얼른 정신을 차리고 손을 잡았다.

에비넴도 그렇지만, 존 존스의 입장에서는 힙합계의 대부라 할 수 있는 닥터 디레의 손을 거절할 이유가 없기 때문이다.

"킹 존이라고 합니다."

"아, 킹 존. 프리덤?"

닥터 디레는 대번에 존 존스의 닉네임을 부르며 그의 대표곡을 언급했다.

"엥? 얘가 걔였어?"

닥터 디레의 말에 에비넴도 뒤늦게 존 존스를 돌아보며 물었다.

미국의 땅덩어리가 워낙 크고 넓어, 지역마다 활동하는 뮤지션들이 다양했다.

하루에 등록되는 곡만 해도 수십 개인지라 한 장르의 꼭대기에 있는 이들로서는 모든 가수들을 알 수 없었다.

다만, 존 존스의 이번 앨범은 수현의 일과 맞물려 빠르게 흥행하면서 두 사람의 귀에도 이름이 들어가게 된 것이다.

"응? 넌 그것도 모르고 이야기하고 있던 거야?"

닥터 디레는 느닷없는 에비넴의 반응에 눈을 동그랗게 뜨며 물었다.

"응. 나는 여기 슈퍼 히어로 정에게 관심이 있어서 왔을 뿐이야."

"슈퍼 히어로?"

닥터 디레는 무슨 농담도 아니고, 에비넴이 코믹스에나 나올 슈퍼 히어로를 언급하자 고개를 갸웃거렸다.

그런 닥터 디레의 모습에 존 존스가 얼른 두 사람의 대화에 끼어들며 설명을 덧붙였다.

"여기 이 친구가 바로 슈퍼 히어로라 불리는 정수현입니다. 그리고 방금 전 디레 씨가 말씀하신 제 노래를 작곡한 작곡가이기도 합니다."

"와우, 그게 사실이야?"

수현의 정체에 대해 알게 된 닥터 디레는 놀란 눈을 하고 수현을 쳐다보았다.

"아, 이제 생각났어. 살인 곰에게서 소년을 구해낸 영웅 맞지? 반가워, 난 닥터 디레야."

그는 얼른 수현에게 자신을 소개하며 악수를 청했다.

미국인들이 영웅을 좋아하는 것처럼, 그 또한 수현의 영웅적인 행동에 환호를 보낸 사람 중 한 명이었다.

그런데 그 주인공을 직접 눈앞에서 보게 되니 얼마나 기쁘겠는가. 그래서 조금 전 무시한 것을 사과라도 하듯 정중하게 악수를 청했다.

"반갑습니다. 정수현입니다."

수현은 존중을 담아 자신을 소개하였다. 하지만 성이 뒤로 가는 미국식이 아닌, 한국식 그대로였다.

이는 수현이 굳이 미국식으로 자신을 소개할 필요가 없다고 생각하기 때문이다.

미국식인 '수현 정'이라고 소개하면 이상하게도 자신이 아니게 되는 느낌을 받았기 때문에 그러한 것이다.

"앞의 정이 성이고, 수현이 이름입니다. 둘 중 편한 걸로 불러주십시오."

"그래? 그럼 난 정이라 부를게. 수우혀엉언? 그건 너무 어려워."

사실 수현이란 이름은 외국인들이 발음하기가 조금 어려웠다.

그런 이유로 킹덤 엔터에서도 외국에서 활동할 때를 위해 예명을 짓는 것이 어떤가 하고 물어본 적이 있었다.

하지만 수현은 그런 제안을 단호히 거절하였다.

수현이란 발음이 어려우면 정이라 부르면 될 일이었다.

굳이 그런 이유로 예명을 따로 지을 필요가 있는가 싶었다.

20년 넘게 정수현으로 살아왔는데, 익숙하지 않은 예명으로 다시 산다는 것이 번거롭게 느껴진 탓도 있었다.

물론 이는 수현의 개인적인 소신일 뿐, 다른 멤버들에게까지 강요하는 것은 아니었다.

어쨌든 수현의 호칭을 정이라 받아들인 닥터 디레가 그날의 일을 물어왔다.

"이야기 좀 자세히 들려줘, 어떻게 살인 곰의 우리로 뛰어들 생각을 한 거야?"

간략한 자기소개에 이어 넷은 금세 이야기를 꽃을 피웠다.

그런데 힙합계의 거물 두 사람이 수현과 이야기를 나누자, 그 주변으로 힙합에 종사하는 사람들이 호기심을 가지고 하나둘 모여들었다.

그렇게 힙합계를 이끌어가는 거물과 슈퍼스타가 판을 깔아주면서 수현과 존 존스는 얻기 힘든 인맥을 빠르게 쌓아

갔다.

*　　　*　　　*

“20대 후반인데, 아직도 아이돌을 한단 말이야?”

닥터 디레는 수현의 이야기에 놀란 눈을 더욱 크게 뜨며 물었다.

수현은 닥터 디레의 바로 옆자리에 앉아 있었다.

어찌 보면 무척이나 이상한 일이었다.

비록 특별 초대를 받았다고는 하지만, 정식 초대를 받은 스타들에 비해서는 그 인지도가 한참이나 모자라 비교적 구석진 자리를 배정받은 수현이었다.

하지만 힙합계의 거물인 닥터 디레와 에비넴의 힘으로 수현과 존 존스의 자리는 그들의 옆으로 옮겨졌다.

시상식이 시작되기 전, 이야기를 나누면서 친해진 이 네 사람은 시상식이 시작되려 하자 각자 배정된 자리로 향했다.

그런데 막상 자리를 찾아 앉아보니 무척이나 구석인데다 카메라도 잘 받지 않는 곳이라 닥터 디레와 에비넴은 인상을 구겼다.

자리가 가까우면 조금 더 같이 이야기를 나누려고 했는데, 이곳은 자신들이 있는 자리에서 너무 멀었다.

뿐만 아니라 자신들이 인정한 수현이 그래미에서 푸대접을 받자 기분이 상했다.

그래서 관계자에게 항의하여 그 둘을 자신들의 옆자리로 옮기게 만든 것이다.

이런 일은 좀처럼 벌어지지 않는 해프닝인데, 닥터 디레와 에비넴이 강하게 어필해서 결국 자리가 변경되었다.

그 덕분에 수혜를 본 것은 다름 아닌 존 존스였다.

수현으로 인해 힙합계의 거물인 두 사람과 함께 동석하게 되었기 때문이다.

지금 존 존스는 특별 무대를 위해 자리를 비웠지만, 무대가 끝나면 다시 자리로 돌아올 것이다.

"하하, 한국은 미국과 다르게 아이돌의 개념이 조금 달라요."

닥터 디레와 에비넴은 궁금한 것이 많았다. 하지만 수현은 전혀 귀찮아하지 않고 친절하게 한국 아이돌의 특성에 대해 설명해 주었다.

한참을 듣고 나서야 닥터 디레는 어느 정도 개념을 잡을 수 있었다. 물론 아직 완벽하게 이해를 한 것은 아니었다.

"그 한국의 아이돌이라는 것은 무척이나 포괄적인 것이군……."

닥터 디레는 뭔가 생각할 것이 있는지 말끝을 흐리며 침묵에 잠겼다.

그러자 수현도 조용히 대화를 멈췄다.

닥터 디레가 사색에 빠지자 이번에는 에비넴이 질문을 던져 왔다.

"그런데 쿵푸는 원래 그렇게 잘한 거야?"

에비넴은 수현이 그리즐리 베어의 우리에서 소년을 구해낸 것에 관심이 많은 듯 이번에도 그와 연관된 질문을 해왔다.

아마도 그에게 어린 자식이 있어서 더욱 그런 것 같았다.

"쿵푸는 드라마 배역 때문에 배우게 된 거고, 원래는 태권도를 익혔습니다. 군대에서도 태권도 조교를 맡아 군인들에게 가르치기도 했지요."

수현은 빙그레 미소를 지으며 자신이 익힌 태권도에 대해 이야기를 했다.

"맞아. 내가 알기로도 수현의 나라인 한국은 남자들이 의무적으로 군대에 간다고 들었어."

"네, 맞아요. 성년이 된 남자라면 의무적으로 2년 정도 군대를 갔다 와야만 정상적으로 사회생활을 할 수 있어요. 그렇지 않았다가는 감옥에 갈 수도 있죠."

한국에 대한 이야기를 들은 에비넴은 그 말에 수긍하면서도 또 한편으로는 이해가 가지 않는 부분이 있는 듯했다.

그것은 한국 군인들에 대해 수현이 약간 부정적으로 말한다는 점이었다.

미국에서는 남을 위해 희생하는 직업 종사자들을 긍정적으로 바라보며, 또 영웅으로 생각한다.

그러한 토대가 마련되어 있기에 수현이 자신의 안위를 신경 쓰지 않고 살인 곰에게서 소년을 구했을 때, 그렇게나 환호했던 것이다.

하지만 수현의 말한 한국의 정서는 그렇지 못하다는 것을 깨닫고, 언뜻 이해가 가지 않았다.

자신의 몸과 시간을 희생해 가며 2년이란 시간을 국가와 국민을 봉사한다. 그 숭고한 희생은 당연히 칭송받아 마땅하다.

그런데 어째서 그런 이들을 무시한다는 것인지 에비넴으로서는 전혀 이해가 가지 않았다.

"뭐, 너희 나라만의 뭔가가 있겠지. 하지만 좀 개선되어야 할 부분은 있을 것 같네."

"네. 저도 그렇게 생각합니다. 그런데 이야기를 하다 보니 이 자리와는 어울리지 않는 주제로 흘러갔네요."

수현은 한국의 군대 이야기 때문에 분위기가 무거워지자 화제를 전환하기 위해 다른 이야기를 꺼냈다.

"그래. 그런데 너 정말 대단하다. 그나저나 정말 사람인 것은 맞지?"

"……네?"

"아무리 생각해 봐도 이상해. 어떻게 한 명의 인간이 그렇게 많은 재능을 가질 수 있는 거지?"

'윽!'

에비넴의 날카로운 질문에 수현은 순간 속으로 뜨끔했다.

스스로 생각하기에도 자신은 정말 많은 재능을 가지고 있기 때문이다.

그 때문에 조금 전에도 그와 비슷한 생각을 하기도 했지 않은가.

만약 군대에서 낙뢰 사고를 당해 인생 게임, 스타 라이프를 만나지 않았다면, 자신이 이와 같은 자리에 앉아 있을 수나 있었을까.

스스로 그런 질문을 조심스럽게 해보았다.

결과만 따져 본다면 그런 일은 절대로 있을 수 없었다.

낙뢰 사고를 당하기 전까지의 자신은 무척이나 평범한 보통 사람이었다.

외국어는 고사하고, 10여 년을 배운 태권도도 몇 번의 도전 끝에야 겨우 태권도 단증과 지도자 자격증을 취득했다.

그런데 낙뢰 사고를 당하고, 인생 게임, 스타 라이프를 가지게 되면서 인생이 백팔십 도 바뀌었다.

신체는 이전과는 비교가 되지 않을 정도로 튼튼해졌고, 지능 또한 천재가 무색할 정도로 발달되었다.

일례로 몇몇 단어만 알고 있던 영어를 불과 책 한 권 보고, 회화 테이프 한 번을 듣고 마스터하였다.

이 모든 것이 인생 게임, 스타 라이프가 그에게 적용되면서 생긴 재능 포인트란 것 때문이었다.

지능과 정신력이 높아지면서 포인트로 올린 항목이 저절로 몸에 익혀진 것이다.

지하수도 마중물이 있어야 하듯, 모든 일에는 기초가 튼튼해야 하기에 높아진 지능을 가지고 기초를 배우고 포인트를 이용해 간단하게 해당 항목을 마스터하였다.

이런 점만 보면 자신을 과연 인간의 범주에 넣어야 하는가, 하는 생각이 절로 들 수밖에 없었다.

하지만 그렇다고 자신이 사람이 아닌 것도 아니었다.

여러 부분에서 스스로 인간적인 모습을 보였고, 남들보다 좀 뛰어날 뿐이지 영화 속 초인 수준의 능력은 없었다.

수현은 다시 한 번 곰곰이 생각해 보았는데, 역시 자신은 사람이 맞았다.

이성에 대한 갈망을 느끼고, 실패에 대한 쓰라린 고통을 느끼는 걸 보면 말이다.

Chapter 8

거물들과의 대화

그래미 시상식은 미국 레코드 예술 과학 아카데미가 해마다 주관하는 행사로, 우수한 레코드와 앨범을 선정해 상을 주었다.

하지만 미국 레코드 예술 과학 아카데미는 영리 단체가 아니다.

그 말인즉, 그래미 시상식을 진행하기 위해선 돈이 필요하다는 것이고, 대부분 스폰서들에게 후원을 받을 수밖에 없다는 말이었다.

그렇기에 미국 레코드 예술 과학 아카데미는 시상식에 참석한 스타와 스폰서들이 모두 참석할 수 있도록 거대하고 성대한 축하 파티를 연다.

이때 스폰서들에게서 한 해 동안 해온 일들에 대한 보고와 함께 다음 년도 후원에 대한 이야기 등이 흘러나오게 된다.

"와우, 나 이런 데 정말 꼭 한번 와보고 싶었어. 말로만 들었는데… 정말 대단해!"

존 존스는 파티장에 들어서기 무섭게 연신 감탄사를 연발하며 호들갑을 떨었다.

그런 존 존스의 요란한 반응에 수현은 조용히 주변을 살펴보았다.

사실 수현은 한국에서 연말 시상식에 몇 차례 참석해 보았고, 또 파티도 경험해 보았다.

하지만 파티의 규모와 서비스가 한국과는 비교되지 않았다.

파티장에 들어서서 조심스럽게 주변을 살피고 있으려니, 누군가가 수현에게 다가와 말을 걸었다.

"헤이, 슈퍼맨."

검정색 정장을 입고 한 손에는 샴페인 잔을 들고 흑인이었다.

수현은 그를 찬찬히 살펴보았지만, 알고 있는 얼굴은 아니었다.

그렇지만 미국 레코드 예술 과학 아카데미가 주관하는 파티에 참석할 정도라면 분명 대단한 명성을 가졌을 것이라 판단한 수현은 공손하게 인사를 건넸다.

"안녕하십니까, 정수현이라 합니다."

"이런, 슈퍼 히어로가 이렇게 자신감이 없어서야."

탁!

초면임에도 그는 마치 잘 알고 있는 사이처럼 이야기하며 수현의 어깨를 가볍게 두드렸다.

그런 모습만 본다면 참으로 유쾌한 남자였다.

한편, 존 존스는 옆에서 그 광경을 보며 경악을 금치 못했다.

수현에게 말을 걸고 있는 사내가 누구인지 알고 있기 때문이었다.

그는 음악과 직접 관계된 사람은 아니었다.

하지만 그럼에도 존 존스는 그를 대번에 알아볼 수 있었다. 왜냐하면 그는 바로 할리우드의 유명 영화 제작사인 위너 브라더스의 사장인 브루스 위너였기 때문이다.

사실 브루스 위너는 이런 공개된 파티를 좋아하지 않아 거의 참석하지 않는 것으로 알려져 있었다.

그럼에도 존 존스가 브루스 위너 사장을 알아볼 수 있던 이유는, 사실 별것 없었다.

어린 시절, 존 존스는 가난 때문에 안 해본 일이 없었다.

그중 어린아이가 가장 쉽게 할 수 있는 일은 다름 아닌 잔디 깎기다.

다른 아르바이트는 특별한 자격증이 필요한 경우가 있지만, 잔디 깎기의 경우는 그런 것이 필요 없기 때문이다.

물론 위너 브라더스 사장의 저택 정도라면 전문적으로 관리하는 사람이 있을 테지만, 존 존스는 그런 전문가의 보조로 브루스 위너 사장의 집에서 아르바이트를 할 수 있었다.

그러다 존 존스가 중간에 뜻을 새우고 힙합을 배우기 시작하면서 잔디 깎기 아르바이트는 자연스레 그만두게 되었다.

아무튼 브루스 위너 사장의 집에서 일한 경험이 있기에 그를 알아볼 수 있었다.

"이런, 내가 실례를 하고 있었군. 너무 유명한 사람이라 내 소개를 깜빡했어. 난 이런 사람이네."

브루스 위너는 주머니에서 명함을 꺼내 수현에게 내밀었다.

화려하게 도금된 명함이었다.

그제야 상대의 정체를 알게 된 수현이 얼른 양해를 구했다.

"죄송합니다. 급하게 시상식에 참석하느라 명함을 미처 준비하지 못했습니다."

"괜찮아요. 내가 이미 수현, 당신을 알고 있는데, 대수겠는가. 이처럼 예의 바른 모습을 보게 되니, 제임스에게 들었을 때보다 더욱 수현이 친밀하게 느껴지네."

"제임스요? 실례지만 그게 누구신지……."

수현은 브루스 워너가 언급한 제임스가 누구인지 전혀 짐작할 수 없어 고개를 갸웃거렸다.

글로벌 스타의 지위에 오르며 어느 정도 외국인 친구들도 많이 사귀게 된 수현이지만, 그에게도 제임스란 이름은 생소했다.

"아, 이런. 내가 또 실수하였군. 그럼 제임스 로렌스라고 들어는 보았나?"

"제임스 로렌스요? 혹시 '사일런트 워'와 '로스트 워리어'의 감독이신 그분을 말씀하시는 것입니까?"

수현이 알고 있는 제임스 로렌스는 유명한 영화감독으로, 비록 개인적인 친분은 없지만, 작품들을 통해 평소에도 존경심을 품고 있던 인사였다. 또한 샌프란시스코에서 만난 레베카의 아버지라는 정도가 수현이 알고 있는 전부였다.

그러자 브루스 워너는 빙그레 미소를 지으며 고개를 끄덕였다.

"그가 맞네."

한편, 옆에서 두 사람의 이야기를 듣고 있는 존 존스는 다시 한 번 수현의 인맥에 깜짝 놀랐다.

처음 만났을 때, 수현은 자신을 한국의 아이돌 가수 겸 배우라고 소개했다.

하지만 얼마 후 곰 우리에서 아이를 구한 사건 때문에 수현은 미국 전역에 알려지게 되었다. 그러면서 그의 신상 정보들도 공개되었는데, 존 존스는 수현이 스스로 말한 것보다 훨씬 대단한 사람이라는 것을 알 수 있었다.

물론 아이돌 가수 겸 배우는 맞았다.

그런데 그 인지도에 있어서 존 존스가 생각하는 것과는 전혀 달랐다.

수현의 활약이 이슈가 되자 K—POP 마니아들이 수현의 정보를 인터넷과 SNS에 업로드하면서부터 그 진면목이 드러난 것이었다.

무엇보다 단순히 출신 국가인 한국뿐 아니라 아시아 전역에서 엄청나게 유명한 스타란 것이 밝혀지자 미국인들은 더욱 흥분했다.

마치 코믹스에 나오는 슈퍼 히어로처럼 유명 스타라는 정체를 숨기고 있다가 위기에 처한 소년을 구한 것처럼 보였기 때문이다.

그런데 방금 브루스 위너가 말을 건네는 모습을 보니, 수현이 연예 분야의 거물과도 인연이 있다는 것을 깨닫고 다시 한 번 놀랄 수밖에 없었다. 물론 이건 존 존스의 착각이었지만.

사실 수현으로서도 의아한 일이었다. 자신은 브루스 워너 사장과 별다른 인연이 없기 때문이다.

그런데 어떤 이유로 이렇게 친근하게 말을 걸어오는 것인지 영문을 알 수 없어 의아할 뿐이었다.

“사실 난 개인적으로 자네에게 감사 인사를 전하기 위해 이 자리에 나왔네.”

“네? 그게 무슨 말씀이죠?”

수현은 또다시 고개를 갸웃거렸다.

조금 전, 제임스 로렌스 감독을 알고 있느냐는 말보다 더 알 수가 없는 내용이었기 때문이다.

사실 수현이 제임스 로렌스를 잘 아는 것도 아니었다.

샌프란시스코의 해변에서 우연히 만나게 된 여고생, 레베카의 아버지가 바로 제임스 로렌스였다.

그런데 수현과 레베카의 인연은 그때가 처음이 아니었다.

3년 전의 인도네시아 쓰나미 당시, 수현은 필리핀에서 사람들을 대피시킨 적이 있다.

그때, 가장 먼저 수현의 경고를 들은 사람이 바로 레베카였다.

레베카는 우연히 로열 가드가 화보 촬영을 하던 리조트 옆 동에 투숙하고 있다가 수현의 경고로 인해 가족들과 함께 무사히 몸을 피할 수가 있었다.

그런 사연이 있기에 수현은 처음 제임스 로렌스라는 이름을 들었을 때, 레베카의 아버지를 떠올릴 수 있었다.

그런데 자신이 제임스 로렌스 감독을 아는 것과 브루스 위너가 감사 인사를 하는 것이 무슨 상관이 있는 것인지 수현은 당최 이해가 안 갔다.

그런 기색을 알아차린 것인지, 브루스 위너가 또 한 번 사과를 했다.

“이거, 미안하네. 먼저 사연을 말해줘야 이해가 쉽겠군.”

브루스 위너는 자신이 너무 막무가내였다는 걸 깨닫고는 감사의 이유를 들려주었다.

브루스 위너 사장의 이야기를 모두 들은 수현과 존 존스는 경악을 금치 못했다.

LA 동물원에서의 사건 당시, 워낙 수현의 활약이 대단했기에 다른 부분에 대해서는 신경 쓰는 사람이 없었다.

다른 때 같으면 피해 소년도 매스컴을 타기 마련인데, 보도의 초점은 오직 수현에게만 몰릴 뿐이었다. 어찌 보면 피해 소녀을 배려한 행동으로 볼 수도 있겠지만, 그러기에는 너무 철저하게 가려진 느낌이었다.

어쨌든 수현이 구한 그 소년은 바로 브루스 워너 사장의 외손자 중 한 명이었다.

브루스 워너에게는 2남 3녀의 자녀가 있는데, 두 아들에게서 태어난 손녀가 여섯이고, 세 딸에게서 다섯의 손녀와 한 명의 외손자를 보았다.

유일한 외손자이다 보니 브루스 워너의 손자 사랑은 그야말로 끝이 없을 정도였다. 평소에도 금이야 옥이야 아끼며 무한한 사랑을 베푸는 브루스 워너였다.

그런데 그런 귀한 손주가 자신의 집에 놀러 왔다가 사고를 당한 것이다.

만약 수현의 도움이 없었더라면 브루스 워너는 사랑하는 외손자를 잃었을 것이 분명했다.

아무리 교육을 받아 사육되는 동물이라지만, 그리즐리 베어는 맹수다.

특히나 먹이사슬의 정점에 위치할 만큼 흉포하기 짝이 없는 맹수인데, 자신의 외손자가 그런 맹수 앞에 무방비로 떨어진 것이다.

당시 목격자들의 말에 의하면, 그리즐리 베어는 외손자를 침입자라 인식하여 달려들던 중이라 했다.

브루스 위너 사장은 당시 목격자들의 증언을 듣고는 엄청 화를 냈다.

아이가 곰 우리에 떨어지는 동안 다른 이들은 대체 뭘 했는지 이해할 수가 없었기 때문이다.

그로 인해 당시 동물원에 함께 갔던 사람들은 그에게 따끔한 훈계를 들어야 했고, 또 경호원들은 모두 해고되었다.

위너 브라더스 사의 오너 가족 정도 되면 평상시에도 경호원들이 따라다닌다.

그러니 그 당시 외손자를 제대로 보호하지 못한 경호원들의 해고는 당연한 처사였다.

그리고 뒤늦게 자신의 외손자를 곰으로부터 구해준 수현에게 보상해 주기 위해 찾았지만, 수현이 고사하는 바람에 이루어지지 않았다.

수현은 당시 스케줄이 너무 바빠서 그 일을 그대로 잊어버리고 말았다. 그러다 오늘, 브루스 위너 사장이 그때의 이야기를 꺼내며 감사를 전하자 겨우 기억을 떠올릴 수 있었다.

"그때 보상 차원에서 좋은 배역을 주겠다 했는데도 거절하고, 하필 내 경쟁사로 가다니… 좀 많이 섭섭했네."

브루스 위너는 이야기를 하다 말고 수현을 살짝 째려보았다.

"하하하……."

그에 수현은 멋쩍게 웃는 수밖에 없었다.

그도 그럴 것이, 방금 브루스 위너가 언급한 대로 울프 TV가 방영하는 드라마에 출연 계약을 맺었기 때문이다.

브루스 위너 사장의 말이 농담임을 알지만, 상대가 워낙 대단한 위치에 있는 존재이다 보니 어떻게 받아쳐야 할지 난감했다.

해서 수현은 결국 웃음으로 때웠다.

"하하, 당시에는 어쩔 수가 없었습니다. 내년부터 미국 시장에 진출할 계획이었는데, 마침 울프 TV 측에서 제가 속한 그룹을 홍보해 주겠다고 하니 그들과 계약한 것이죠."

이제는 아시아를 넘어 전 세계를 대상으로 활동하려는 야심 찬 계획을 수립한 로열 가드다.

그러기 위해선 아직 기반이 없는 미국에서 로열 가드를 끌어줄 존재가 필요했는데, 상당한 영향력을 가지고 있는 울프 미디어 그룹이 도움을 주겠다며 접근해 왔다.

그런 제안을 뿌리칠 사람이 얼마나 되겠는가.

킹덤 엔터의 이재명 사장은 당연히 기뻐하며 울프 미디어 그룹의 손을 덥석 잡았다.

그렇다고 해서 불공정 계약이나 몰래 가려진 커미션이 있는 것도 아니었다.

계약서를 살펴봐도 로열 가드나 수현에게, 그리고 소속사인 킹덤 엔터에도 불리한 부분은 없었다. 한마디로 모두에게 유익한 계약이었다.

실제로도 방송에 출연한 뒤로 수현과 로열 가드의 인기는 기하급수적으로 늘어가고 있었다.

일부 극성팬들은 빨리 미국에서 쇼케이스를 열어달라며 킹덤 엔터 게시판에 댓글을 달고, 너튜브를 통해 커버곡은 물론이고, 댄스 영상도 올리는 등의 극성을 부리고 있었다.

이런 팬들 때문에 킹덤 엔터는 연말임에도 제대로 쉬지도 못하고 연일 야근을 하고 있는 중이었다. 물론 매니저들에게는 이번에 휴가를 주었지만, 남아 있는 이들은 여전히 격무에 시달리고 있었다.

그런데 이렇듯 킹덤 엔터 직원들이 야근을 하는 이유는 다름 아닌 수현 때문이었다.

수현에 대한 방송, 드라마, 영화 출연 요청은 기본이고, 이제는 작곡 의뢰까지……. 그야말로 일감이 쓰나미처럼 밀려들기에 어쩔 도리 없이 매일 야근을 할 수밖에 없는 것이다.

어찌 보면 행복한 비명을 지르는 거라고 볼 수도 있겠지만, 어쨌든 그로 인해 킹덤 엔터 직원들로부터 남몰래 원성을 쌓아가는 수현이었다.

"헤이, 브루스. 여기서 뭐 하고 있나?"

브루스 위너와 수현이 한창 이야기를 나누고 있는 도중, 한 노년의 백인 남성이 다가와 둘 사이에 끼어들었다.

"조나단, 무슨 일인데 날 찾는 거야?"

브루스 위너는 새로 나타난 남성이 별로 반갑지 않은 듯 퉁명스레 말을 꺼냈다.

"이런, 젊은 청년들과 이야기를 나누고 있었군. 혹시 내게 소개해 줄 수 있겠나?"

조나단 메이는 동종 업계의 친구이자 경쟁자인 브루스 위너가 젊은 청년들과 이야기를 나누고 있는 모습에 눈을 반짝였다.

이런 대외 행사에 잘 참석하지 않는 브루스 위너가 일부러 모습을 드러내면서까지 만나는 이가 누구인지 큰 관심이 생긴 탓이었다.

그래서 기회를 놓치지 않고 일부러 다가와 둘의 소개를 요청했다.

"조나단, 여기 이 두 사람을 모른다니… 자넨 어떻게 회사를 운영하는 것인가?"

"응? 그게 무슨 소리야? 여기 이 청년들이 내가 꼭 알아야 할 정도로 거물이란 소린가?"

조나단 메이는 브루스 워너의 타박에 살짝 기분이 언짢아져 퉁명스럽게 되물었다.

물론 눈앞의 청년이 동양인치고는 잘생긴 외모를 가지고 있다지만, 그래봐야 겨우 동양인이 아닌가. 할리우드에서는 아무리 잘생긴 동양인 배우라도 어차피 톱스타가 될 수는 없다.

그런데 브루스 워너의 깔보는 듯한 말투에 빈정이 상한 그는 차가운 눈빛으로 수현을 돌아보았다. 과연 얼마나 대단한 인물이기에 자신이 이런 소리를 들어야 하는지 두고 보겠다는 눈빛이었다.

"이런, 또 내 말에 오해하고 있군."

브루스 워너는 단단히 삐친 듯한 조나단 메이의 모습에 헛웃음을 지으며 수습에 나섰다.

"전에 내가 이야기했잖은가. 사나운 곰에게서 윌리엄을 구해준 청년에 대해서 말이야."

"아, 그래. 기억하고 있어. 그런데 그게 뭐?"

"허참, 이 답답한 친구 보게. 여기 이 청년이 바로 그때의 영웅이란 말일세."

"……뭐?"

전말을 들은 조나단 메이는 그제야 깜짝 놀라며 두 눈을 크게 뜨고 수현을 쳐다보았다.

"그 동양의 가수인가 배우인가 한다는 그 사람이 바로 이 청년이란 말인가?"

"그래. 가수도 맞고, 배우인 것도 맞아."

"응?"

가수도 맞고, 배우도 맞다는 말에 조나단은 잠시 말을 멈추고 친구인 브루스 워너를 쳐다보았다.

'설마 윌리엄을 구해줬다고 해서 영화의 배역을 주려는 것인가?'

순간, 의문이 떠오른 조나단은 수현과 브루스 워너를 번갈아 보았다.

하지만 자신이 알기에 현재 워너 브라더스에서 제작하는 영화 중 동양인이 중요한 역할로 나오는 작품은 없었다. 그러니 단순히 영화 섭외를 위해 브루스 워너가 나섰다고 보기에는 말이 되지 않았다.

"반갑네. 난 이 사람 친구인 조나단 메이라고 하네. 작은 영화사를 맡고 있지."

한편, 옆에 있던 존 존스는 조나단 메이라는 이름을 듣고 깜짝 놀랐다.

말과 달리 조나단 메이는 SSANY 픽처스의 최고 경영자였다. 워너 브라더스보다 오히려 규모가 더 큰 영화 제작사의 대표인 것이다.

브루스 워너만 해도 존 존스로서는 감히 쳐다보지도 못할 엄청난 거물인데, 이번에는 그보다 더한 거물이 나타난 것이다.

겉보기엔 브루스 워너와 조나단 메이가 친구처럼 지내고 있지만, 이들이 경영하는 워너 브라더스와 SSANY 픽처스는 자산 규모면에서 몇 배나 차이가 나는 회사였다.

그런 거대 회사의 오너들이 지금 자신의 눈앞에서 수현에게 친근하게 이야기를 건네고 있는 것이다.

조금 전, 브루스 워너 사장이 자신들을 찾아와 이야기할 때도 현실같이 느껴지지 않았는데, 지금은 그 수준을 뛰어넘었다.

"만나서 반갑습니다. 한국에서 아이돌 가수 겸 배우로 활동하고 있는 정수현이라고 합니다."

수현은 눈앞에 있는 사람이 아무리 거물이라고 해도 전혀 꿀릴 이유가 어 담담한 표정으로 자신을 소개하였다.

그런 수현의 당당한 모습에 조나단 메이는 눈을 반짝였다.

'호오…….'

자신의 정체를 알고 나서도 당당히 소개하는 수현의 모습에 조나단은 속으로 감탄했다. 이 또한 평소 접할 수 있는 반응이 아닌 탓이었다.

대개 자신을 대하는 사람들의 반응은 한결같았다.

어떻게 해서든 잘 보이기 위해 비굴한 표정부터 지어 보이는 것이다.

바로 옆에 서 있는 흑인과 같이 말이다.

실제로 존 존스는 조나단 메이의 정체를 알고 난 뒤부터 좌불안석이었다. 어떻게 해서든 말이라도 걸어보기 위해 눈치를 보는 것이었다.

하지만 그와 달리 수현은 조나단 메이에게 딱히 바라는 것이 없기에 담담할 수 있었다.

더욱이 수현은 앞에 있는 브루스 워너나 조나단 메이보다 더 엄청난 거물을 직접 보고 안면을 트지 않았는가. 뿐만 아니라 현재는 그 거물이 연관된 사업을 함께 진행하며 지분을 나눠 가지기도 했다.

중국의 최고 지도자와도 인연이 있고, 또 중국 공산당 최고 지도부에 이름을 올리고 있는 텐징 시장과는 막역한 사이이기도 했다.

그런 거물들을 봐왔기에 수현은 브루스 위너나 조나단 메이를 대하면서도 담담할 수 있었다.

하지만 그런 사실을 알지 못하는 브루스 위너로서는 수현의 담담한 모습에 적잖이 감탄했다.

"아까도 이야기했지만, 진심으로 시간 좀 한 번 내주게."

브루스 위너는 수현에게 건넨 제안이 결코 빈말이 아니라는 듯, 거듭 자리를 요구했다.

그로서는 수현이 울프 TV로 간 것이 정말 아쉬운 일이었다.

자신이 조금만 빨리 수현의 정보를 얻었다면, 현재 준비 중인 영화에 무조건 캐스팅했을 것이다.

위너 브라더스에서는 차기 신작으로 코믹스를 원작으로 하는 판타지 액션 영화를 계획 중이었다.

만약 한 달 전에라도 수현과 연이 닿았다면, 충분히 극중 배역을 줄 수 있었다.

하지만 현재는 배역 캐스팅이 모두 끝난 상태.

제작사의 오너로서 배역 한두 개 정도는 충분히 뺄 수 있는 힘이 있지만, 그것도 촬영이 시작되기 전에나 가능한 일이었다.

이미 캐스팅이 끝난 상태에서는 아무리 제작사의 오너라 해도 과한 간섭은 할 수 없었다. 오로지 감독에게만 인사권이 있는 것이다.

물론 촬영을 하다 보면 중간에 배역이 바뀌는 일이 종종 발생하지만, 그것은 전적으로 영화감독의 권한이다. 역할을 맡은 배우가 정말 마음에 들지 않아 촬영에 무리가 있다고 판단될 때 교체하는 것이다.

이는 할리우드에서 그만큼 감독의 권한을 존중해 주기 때문에 가능한 일이었다.

한국에서도 감독의 권한은 막강하지만, 그보다 더 강한 게 있다.

바로 투자자의 의향이다.

아무리 배우가 맘에 들지 않아도 투자자가 고집을 부리면 그냥 울며 겨자 먹는 심정으로 끝까지 촬영을 해야 한다.

당연히 그 작품은 망작이 될 수밖에 없다.

하지만 할리우드에서는 그렇지 않았다.

배역을 캐스팅하고 촬영에 들어갔더라도 배우가 기대에 미치지 못했을 때는 바로 해고하고 다른 배우로 교체된다.

그것이 설령 톱스타라고 해도 예외는 아니다.

영화가 촬영에 들어가면 감독의 권한은 절대적이다. 주연, 조연, 그리고 하다못해 단역이라 해도 교체를 하기 위해서는 감독의 의향이 우선되어야 한다.

그렇기에 브루스 워너는 수현에게 배역을 줄 수 없었다.

그나마 수현이 그래미 시상식에 초대받았다는 소식을 듣고 급하게 뉴욕으로 날아왔다.

그는 절대 한가한 사람이 아니다.

오늘도 새 영화에 출연하는 배우들을 격려하기 위해 로키 산맥에 있는 별장에서 파티를 준비하던 중이었는데, 수현의 소식을 듣고 파티는 다른 직원들에게 맡기고 날아온 것이다.

하지만 아쉽게도 수현은 이미 다른 곳과 계약한 상태였다.

워너 브라더스의 또 다른 경쟁자인 울프 사의 울프 TV의 드라마 시리즈에 출연 계약을 한 것이다.

그 때문에 수현과 함께 영화를 찍기 위해선 드라마 촬영이 끝난 뒤에나 가능했다.

"드라마 촬영까지는 아직 여유가 있으니 시간은 낼 수 있습니다. 하지만……."

수현은 확실하게 약속할 수가 없었다.

솔직히 시간적 여유는 있다.

하지만 돌아가는 눈치를 보니 브루스 위너가 하려는 제안이 어떤 것일지 알 수 있었다. 그래서 부담이 되었다.

분명 브루스 위너는 외손자를 구해준 은혜를 갚기 위해 자신에게 배역을 주려고 할 것이다.

수현 개인적으로 보면 커다란 기회라 할 수 있었다.

그렇지만 수현은 굳이 그렇게 하면서까지 배역을 따내고 싶은 생각은 없었다.

솔직히 울프 TV에서 제작하는 드라마 출연도 그다지 하고 싶은 생각은 없었다.

그저 미국 시장에 진출하려는 로열 가드를 고려해 제안을 받아들인 것뿐이다.

이 모든 것이 LA 동물원에서 시작되었다.

수현이 아이를 구한 건, 그럴 능력이 되기에 한 일일 뿐이다.

그런데 그 일로 인해 수현은 일약 영웅이 되었다.

자신의 정체를 굳이 세상에 밝히고 싶진 않았지만, 자신 때문에 피해를 본 동생들과 회사에 조금이나마 보상한다는 마음으로 토크쇼에 출연하고, 또 새해 방영할 드라마 시리즈의 출연을 승낙했다.

그렇게 기반을 닦아놓으면 미국에 진출한 로열 가드가 조금이라도 쉽게 활동할 수 있기 때문이다.

그게 아니더라도 수현은 자신이 당연하게 생각하며 행한 일로 뭔가 이득을 볼 생각은 절대 없었다.

그러니 지금 브루스 위너가 보여주는 호의가 부담스러울 수밖에 없었다.

"브루스, 자네 설마 여기 이 청년에게 배역이라도 하나 줄 생각으로 그러는 건가?"

"맞아."

이 자리에 있는 누구도 유추할 수 있는 답이었지만, 조나단은 그리 쉽게 생각하지 않았다.

"흠, 자네가 아시아 시장을 노리고 있다는 이야기가 사실인가 보군."

조나단은 친우인 브루스 위너가 아무리 자신의 외손자를 구해준 청년이라고는 하지만, 영화 배역을 쉽게 주려고 하는 것이 못마땅했다.

능력이 검증되지 않은 동양인을 대체 뭘 보고 배역을 주려는 건지 이해할 수가 없기 때문이었다.

'나이를 먹더니 감정적이 되었군.'

그가 아는 브루스 위너는 일에 관해서는 절대 사심이나

사견을 넣은 이가 아니었다. 그랬기에 지금의 위치까지 오를 수 있던 것이기도 하고.

그런데 세월이 흘러 나이를 먹으며 손자들을 보다 보니, 감정적으로 변해 버린 것 같았다.

"예전에는 그렇게나 냉철하던 승부사가 순한 양이 되어 버렸군."

조나단은 씁쓸한 마음에 저도 모르게 속으로 생각한 말을 입 밖으로 꺼내고 말았다.

"아, 이런. 미안하네. 나도 모르게……."

조나단은 말을 뱉고 나서 얼른 사과하였다.

그 또한 예전에는 이런 실수를 하지 않았는데, 나이를 먹다 보니 긴장이 풀려 속마음을 겉으로 말하는 실수를 범하고 말았다.

"흠, 술을 많이 한 것 같지도 않은데 자네가 실수를 하다니……. 참 인생은 오래 살고 볼 일이군. 하지만 사과를 받아야 할 주체가 틀린 것 같네."

브루스 워너는 표정을 굳히며 조나단 메이의 실수를 지적했다.

아무리 친한 사이라고는 하지만, 엄연히 두 사람은 한 기업의 오너다.

그러니 서로를 존중할 줄 알아야 한다.

뿐만 아니라 앞에 있는 수현은 브루스 워너에게는 그야말로 은인과도 같은 사람이다.

자신은 최대한 예의를 갖춰 이야기하고 있는데, 중간에 끼어들어 막말을 하는 결례를 범했다.

게다가 조나단 메이는 큰 오해를 하고 있었다.

브루스 워너가 외손자를 구해준 것에 대한 보상을 하려고 했다면, 굳이 수현에게 배역을 줄 이유가 없었다.

영화의 배역은 단순히 은혜를 갚겠다는 이유로 줄 수 있는 것이 아니기 때문이다.

아무리 제작사의 오너라지만, 능력도 없는 배우를 배역으로 넣는 것은 함께 영화를 만들어가는 감독이나 시나리오 작가, 그리고 영화 제작에 참여한 모든 사람에게 실례를 범하는 일이다.

막말로 노망이 들지 않는 이상 그런 선택을 할 수는 없는 것이다.

그런데 방금 조나단 메이는 영화 제작자인 자신은 물론이고, 배우인 수현까지 모욕하였다.

직접적으로 지명하고 한 것은 아니지만, 본인을 앞에 두고 그와 연관된 이야기를 부정적으로 했다는 것은 완전히 무시하는 행동이나 다름없었다.

그렇기에 아무리 친한 친구이지만 사과를 요구한 것이다.

"음, 내가 큰 실례를 범한 것 같군. 오랜만에 파티에 오다 보니 과음을 한 것 같아. 난 이만 실례하겠네. 그리고 자네에게도 다시 한 번 사과하지."

조나단 메이는 서슬 퍼런 눈으로 자신을 노려보는 브루스 워너의 시선을 느끼며 얼른 수현에게 사과하고 자리를 떴다.

브루스 워너도 다시 한 번 수현에게 사과를 건넸다.

"나 때문에 자네가 낭패를 보았군. 내 진심으로 사과를 함세."

동양식으로 고개까지 숙이며 사과하는 브루스 워너의 모습에 수현은 순간 당황했다.

물론 조나단 메이가 실례한 것은 맞지만, 이미 그에 대한 사과를 받았다.

그럼에도 불구하고 브루스 워너가 거듭 사과를 해오자 수현은 되레 더욱 불편한 마음이 들었다.

"알겠습니다. 이미 그분에게도 사과를 받았으니, 더 이상 그 일은 언급하지 않았으면 좋겠습니다."

"고맙네, 자네를 더 붙잡아 이야기를 나누고 싶지만, 오늘은 이만하도록 하지."

브루스 위너는 그렇게 마지막 인사을 남기고 자리를 떠났다.

"어려운 일이 있으면 내 능력껏 도울 것이니, 꼭 연락 주게."

뚜벅뚜벅.

멀어져 가는 브루스 위너를 보며 수현은 잠시 그의 뒷모습을 말없이 쳐다보았다.

한편, 번갯불에 콩 볶아 먹듯 순식간에 어마어마한 인물들이 왔다가 사라지자 존 존스는 도무지 정신을 차릴 수가 없었다.

만약 자신이 겪은 이야기를 친구들에게 들려준다면 아무도 믿지 않을 것이다.

아니, 수현의 이야기까지 꺼낼 것도 없이 자신이 그 거물들을 직접 눈앞에서 보았다는 이야기를 꺼내는 순간, 거짓말하지 말라며 면박을 당할 것이 틀림없었다.

하지만 설령 그렇다 해도 존 존스는 오늘 일을 친구들에게 꼭 자랑하겠다는 다짐을 했다.

Chapter 9

트러블 메이커

셀레나 로페즈.

라틴계 미국인인 그녀는 열세 살 때 다즈니 키즈로 데뷔하였다.

이후 165㎝의 키와 적금발의 긴 생머리를 휘날리는 인형 같은 외모로 자라났다.

그녀는 노래는 물론이고, 연기에도 뛰어난 자질을 보이며 다즈니에서 방영하는 어린이 방송에서 끼와 재능을 뽐내며 현재까지 승승장구해 왔다.

더욱이 그녀는 유명 스타가 되었음에도 언제나 올바른 모습을 보이며 모범생 같은 태도로 미국은 물론이고, 전 세계의 팬들에게 사랑을 받았다.

하지만 그런 그녀에게도 치명적인 결함이 있었으니, 바로 남자를 보는 눈이 없다는 점이다.

한창 인기를 누리고 있을 때, 그녀는 캐나다 출신의 인기 아이돌 가수인 저스트 비버와 사귀었다.

저스트 비버는 한때 전 세계인의 사랑을 받은 슈퍼스타였고, 셀레나와 잘 어울린다는 호평도 받았다.

하지만 인기에 취한 탓일까.

시간이 흐를수록 비버는 약물 복용과 과음 등, 과거 착실한 이미지와는 다르게 엽기적인 행보를 보이며 구설수에 오르게 되었다.

이후 저스트 비버와 셀레나 로페즈는 티격태격 이별과 재결합을 반복하며 여러 이슈를 만들어내다 결국 파국을 맞이했다.

아울러 셀레나 로페즈는 사랑스러운 국민 동생에서 조금 예쁜 셀럽(셀러브리티)으로 이미지가 바뀌었다.

한때의 잘못된 판단으로 어렵게 쌓아 올린 명성을 한순간에 날려 버린 것이다.

그에 반해 저스트 비버는 셀레나와 결별한 뒤로도 계속해서 엽기 행각과 구설수를 쏟아내며 비난받았지만, 그럼에도 여전히 많은 인기를 누렸다.

그나마 다행이라면 셀레나는 금방 정신을 차리고 망가진 자신의 이미지를 회복하는 데 성공하였다.

하지만 요즘 다시 결합한 저스트 비버 때문에 또다시 위기를 맞이하고 있었다.

따르릉.

셀레나는 오늘 저녁에 있을 그래미 시상식에 참석하기 위해 한창 준비 중이었다.

알람 소리에 전화기를 들어 액정을 확인해 보니, 남자 친구인 저스트 비버였다.

그와 재결합한 지 일주일도 지나지 않았는데, 또 문제가 터졌다.

난잡한 파티를 벌이다 자신에게 딱 걸린 것이다.

그런 이유로 재결합을 후회하며 잠시 시간을 갖기로 했는데, 비버가 연락을 해온 것이다.

"무슨 일이야?"

셀레나는 냉정한 목소리로 용건을 물었다.

— 헤이, 베이비. 오늘 시상식에 함께 가자고 연락했어.

저스트 비버는 자신과 싸운 기억이 안중에도 없는 것인

지, 태연작약하게 시상식 동반 참석을 지껄여 댔다.

“뭐? 지금 어딜 함께 가자고? 그런 말이 입에서 나와?”

— 뭐야, 셀레나. 설마 아직도 그 일 때문에 삐쳐 있는 거야?

“지금 그게 내게 할 말이야?!”

비버의 대답을 들은 셀레나는 순간 화가 나 버럭 소리쳤다.

그러자 저스트 비버는 적반하장격으로 오히려 더 크게 화를 냈다.

— 이봐, 셀레나. 남자가 사회생활을 하다 보면 친구들과 같이 놀 수도 있는 거 아냐? 그게 싫으면 너도 함께 파티에서 즐기면 될 것 아냐! 어울리지 않게 웬 순진한 척이야?

저스트 비버는 법원에서 약물과 알코올 중독에 대한 시정 명령을 받아 치료 센터에 몇 달 동안 있었으면서도 여전히 버릇을 고치지 못하고 다시 약에 손을 댔다.

그로 인해 몇 번이나 셀레나와 싸우면서도 그는 절대 바뀌지 않았다.

처음 셀레나가 비버를 만났을 때는 음악을 사랑하는 순수한 청년이었다.

저스트 비버는 음악을 좋아해 오디션 프로에 출연하여 인기를 얻었고, 그 인기에 힘입어 아이돌이 되었다.

셀레나와 처음 만났을 때도 순진한 눈망울로 가수에 대한 꿈을 말하는 열정적인 모습에 반해 연인이 되었다.

하지만 그 인기는 점점 비버의 정신을 오염시키기 시작했다.

어린 나이에 엄청난 부와 인기를 얻다 보니 그는 예전의 순수하던 모습을 잃어버렸다.

사실 그건 셀레나 본인도 마찬가지였다.

그렇지만 셀레나는 금방 이성을 찾고 다시 꿈을 향해 노력을 이어 나갔다.

그런데 비버는 시간이 지나도, 치료를 받아도 못된 버릇을 고치지 못하고 다시금 약물과 술, 그리고 여자를 즐기기 시작했다.

하루가 멀다시피 파티를 열고 클럽을 찾아다녔다.

행실이 단정하지 못함에도 불구하고 그의 인기는 여전히 뜨겁게 타올라 매일 밤 파티를 벌여도 통장의 돈은 불어만 갔다.

그러니 위기감을 느끼지 못하고 있는 것이다.

결국 셀레나는 비버와 완전히 헤어지는 것에 대해 깊은 고민을 했다.

"전에 분명히 내가 말했지. 다시 이러면 끝이라고."

셀레나는 단호하고 흔들림 없는 어조로 말하였다.

순간, 전화기 너머에서는 작은 신음성이 들렸다.

하지만 셀레나는 흥분해 있어 그것을 미처 듣지 못했다.

"시상식에는 나 혼자 갈 테니까, 넌 올 필요 없어. 이만 끊어."

*　　　*　　　*

"오우, 브라더. 역시 브라더는 대단해."

존 존스는 방금 전 자신들에게 왔다 간 사람들을 떠올리며 호들갑을 떨었다.

그가 언제 저런 상류층, 그것도 상위 0.1%에 들어가는 사람들을 만나볼 수 있겠는가.

그저 가끔, 아주 가끔 TV에 나오는 것을 우연히 볼 수 있을 뿐이었다.

그런데 오늘 이곳 파티장에서 무려 두 명과 이야기를 나눴다.

물론 자신이 주체가 된 대화는 아니지만, 어찌 되었든 그들과 통성명을 했다는 것이 중요했다.

"헤이, 킹 존. 어때? 파티는 재밌게 즐기고 있나?"

언제 다가왔는지 그래미에서 안면을 튼 래퍼이자 프로듀서인 릴 메인이 말을 걸었다.

"헤이, 맨. 물론이지. 아, 여기는 내 형제와도 같은 친구인 정수현."

"오우, 이야기 많이 들었어, 슈퍼맨. 난 릴 메인이라고 해."

덥석, 탁.

릴 메인은 환하게 웃으며 악수를 하고 수현을 껴안았다.

"반갑습니다. 정수현이라고 합니다. 저도 당신에 대해 이야기 많이 들었습니다."

자신을 반갑게 맞아주는 릴 메인에게 수현도 웃으며 호응해 주었다.

"그래? 존이 내 이야기를 하던가?"

사실 릴 메인은 오늘 그래미 무대에 서기 전, 무대 뒤에서 존 존스와 잠깐 이야기를 나눴다.

같은 흑인이고 래퍼다 보니 통하는 것이 있어 둘은 금방 친해졌다.

그래서 시상식이 끝나고 그의 모습이 보이자 냉큼 달려온 것이었다.

물론 거물들과 함께 있는 모습에 호기심이 생겨 그들이

떠나자마자 바로 찾아온 것이기도 했다.

그런데 수현이 릴 메인에 대해 아는 바를 밝히며 칭찬을 늘어놓자 많은 감명을 받았다.

“오우, 수현 같은 리더가 있는 그룹이라면 분명 최고일 거야.”

사실 한국에서는 릴 메인에 대해 알고 있는 사람이 그리 많지 않았다. 기껏해야 힙합을 하는 마니아들 정도가 전부였다.

하지만 미국에서 그의 위상은 엄청났다.

최고의 힙합 뮤지션임과 동시에 최고의 프로듀서인 릴 메인은 미국에서 상당한 영향력을 행사했다.

닥터 디레가 프로듀싱뿐 아니라 사업적으로도 널리 알려진 것에 비해 릴 메인은 오로지 음악과 프로듀서로서의 능력만으로 인정받는 뮤지션이었다.

외모만 보자면 지저분하고 1년 365일 내내 약물에 찌들어 있는 이미지지만, 사실 그의 사생활은 무척이나 깨끗했다.

오히려 뮤직 비디오에서 그려지는 이미지와는 180도 다른 모습을 하고 있어 그를 사적으로 처음 만나는 사람은 그 괴리감에 당황하기도 한다.

그에 대해 재미있는 일화도 있다.

대한민국 3대 기획사 중 하나인 YJP의 대표 박영진이 자사의 대표 아이돌 그룹인 슈퍼 걸스를 미국에 진출시키기 위해 릴 메인을 만났을 때의 이야기다.

원래 미국에서 유학한 박영진은 흑인 음악에 매료되어 유학 자금의 일부를 흑인 음악을 듣는 것에 사용했다고 한다.

그래서 유명 힙합 아티스트인 릴 메인에 대해서도 잘 알고 있었다.

이후 시간이 흘러 한국에서 가수가 되고, 언젠가는 미국에 진출할 것이라 다짐하던 박영진은 끝내 그 꿈을 이루지 못했다.

본인이 가수로서 역량이 부족해 실패하자, 이번에는 자신이 키운 가수를 미국에 진출시키는 것으로 방향을 바꾸었다.

그렇게 노력한 끝에 여성 아이돌 그룹 슈퍼 걸스가 탄생하게 되었다.

슈퍼 걸스는 데뷔와 함께 엄청난 인기를 끌었다.

그동안 남자 아이돌의 천하였던 대한민국 가요계에 당당히 도전장을 내밀며 정상의 자리를 차지했다.

그야말로 절대적인 인기였다.

오죽하면 슈퍼 걸스의 컴백 시기를 피해 음반을 내는 그룹들이 대다수였다. 이는 아무리 인기 절정의 남자 아이돌 그룹이라 해도 예외는 아니었다. 그 정도로 슈퍼 걸스의 영향력은 엄청났다.

그렇게 한국을 평정했다고 느낀 박영진은 이제 때가 되었다 생각했다.

그래서 슈퍼 걸스를 설득해 미국에 진출하였다.

하지만 일은 생각처럼 쉽게 진행되지 않았다.

미국인들의 입맛에 맞게 노래와 안무를 만들었지만, 쉽게 받아들여지지 않았다.

푸쉬 캣 돌이나 TMC 등의 파워 넘치는 여성 그룹이 주류를 이루는 미국 음악계에서 슈퍼 걸스는 존재감이 거의 없었다.

그저 아시아에서 온 아기자기한, 작고 귀여운 이미지가 전부였다.

그나마 K—POP을 자주 듣는 마니아들 외에는 관심을 두지 않았다.

그러다 보니 슈퍼 걸스는 데뷔 이후 최대의 위기에 처하게 되었다.

그러자 박영진은 그 돌파구로 릴 메인을 찾았다.

유명 프로듀서인 그의 손을 거치면 슈퍼 걸스도 충분히 미국 시장에 통할 것이란 생각에 찾은 것이다.

물론 결과는 그리 좋지 못했다.

K—POP의 인기가 아시아를 넘어 세계로 뻗어 나가고는 있지만, 아직 시기상조였던 것이다.

아무튼 박영진은 그때의 쓰라린 경험을 예능 프로그램에 나와 이야기했다.

당시 그가 회고한 일화는 한국인들에겐 생소하던 릴 메인이란 이름을 각인시키기에 충분했다.

그 뒤로 한국에서도 힙합 장르가 떠오르면서 릴 메인을 목표로 삼은 꿈나무들이 생겨났다.

수현은 그런 일화를 릴 메인에게 들려주었고, 자신을 롤모델 삼아 한국의 힙합 꿈나무들이 자라고 있다는 말에 릴 메인이 그리도 기뻐한 것이었다.

그 또한 누군가를 롤 모델로 삼아 지금의 위치에 올라선 것이기에, 자신이 그 위치에 되었다는 것에 마냥 기뻐하였다.

"들었지? 자네도 누군가에게 롤 모델이 될 수 있을 정도로 열심히 노력하라고."

릴 메인은 무척이나 기분이 좋은지 존 존스의 어깨를 두

드리며 자랑하듯 떠벌였다.

"오, 듣고 보니 정말 끝내주는군. 누군가의 꿈과 희망이 되는 존재라니… 왓 더 퍽! 나도 그런 존재가 되고 싶다!"

존 존스는 릴 메인이 너무도 부러운 나머지 자신도 모르게 저속한 말을 내뱉고 말았다.

하지만 힙합을 하는 이들에게는 일상 대화나 다름없는 표현이기에 누구도 기분 나빠 하지 않았다.

어찌 보면 자신의 기분을 솔직하게 있는 그대로 표현하는 것이라 공식적인 파티라 해도 눈살을 찌푸리는 이는 없었다.

그렇게 수현과 존 존스, 그리고 새롭게 합류한 릴 메인까지, 세 사람은 죽이 맞아 웃고 떠들며 파티를 즐겼다.

*　　*　　*

셀레나는 어처구니가 없었다.

어떻게 남자 친구라는 사람이 공식적인 자리에 다른 여자를 데리고 올 수 있는 것인지 이해할 수가 없었다.

몇 시간 전까지만 해도 시상식에 함께 가자고 그렇게 매달려 놓고는, 안 되겠다 싶으니 대번에 태세를 전환하리라고는 상상도 못했다.

안 그래도 요즘 두 사람의 결별 기사가 뜨고 있는데, 공식 석상에서 이런 모습을 보였으니 아마 인터넷에서는 난리가 났을 것이다.

"너랑은 이제 끝이야! 어떻게 내게 이럴 수 있어!"

셀레나는 고래고래 소리를 지르며 결별 선언을 했다.

하지만 저스트 비버 역시 만만치는 않았다.

"아니, 네가 오늘 함께 오지 않겠다며? 그래서 급하게 파트너를 구한 건데, 내가 왜 너에게 그딴 소리를 들어야 해?"

사실 저스트 비버로서도 셀레나가 갑자기 약속을 취소하는 바람에 난감하기 짝이 없었다.

당장 몇 시간 후에 시상식에 참가해야 하는데, 어디서 파트너를 구하란 말인가.

다행히 전날 파티에서 만난 에이브린이 함께 가주겠다고 해서 위기를 모면할 수 있었다.

만약 그녀가 함께 와주지 않았다면, 비버 자신은 파트너도 없이 혼자 시상식에 참석하는 꼴사나운 모습을 보여줄 뻔했다.

그 때문에 갑자기 약속을 취소한 셀레나에게 화가 난 상태였는데, 오히려 적반하장 격으로 사과도 없이 화를 내는 그녀의 모습에 어이가 없었다.

“이 미친년아! 화를 낼 사람은 난데, 왜 네가 오히려 성질을 부려!”

평소 자신의 행실은 생각 못하고, 당장 오늘 약속을 일방적으로 취소했다는 이유만으로 그녀에게 화를 내는 저스트 비버.

와장창!

결국 화를 주체하지 못한 저스트 비버는 옆에 있던 테이블을 걷어차며 행패를 부렸다.

웅성웅성.

갑작스러운 소란에 주변의 시선이 비버와 셀레나, 두 사람에게 쏠렸다.

“어머, 또 저스트가 사고를 쳤나 보네.”

“어째 오늘은 잠잠하다 했다.”

“셀레나는 저런 사고뭉치가 뭐가 좋다고 자꾸 만나는지 모르겠다.”

“결국 둘이 똑같은 종자인 거지.”

“그래, 끼리끼리란 말이 괜히 있겠어.”

여기저기서 셀레나와 저스트를 두고 험담을 늘어놓았다.

비록 셀레나가 정신을 차리고 다시 정상적인 삶을 살기 위해 노력한다고 해도 다른 이들이 보기에는 별반 차이가 느껴지지 않았다.

여전히 정신 못 차리는 망나니 비버와 어울리는 것만 봐도 그러한 비판을 피하기 어려웠다.

예상과 달리 일이 점점 커지자 셀레나는 어찌할 바를 몰랐다.

사람들의 비난 섞인 시선이 날아들자 너무도 창피했다.

그래서 황급히 자리를 피하려는데, 저스트 비버의 방해로 인해 그 또한 무산되었다.

홱!

"야! 넌 사람을 화나게 만들어놓고 어딜 도망가는 거야!"

저스트 비버는 주변에서 사람들이 자신들을 쳐다보거나 말거나 상관하지 않았다.

그는 이미 눈이 확 돌아가 도망가려는 셀레나를 붙잡고 따졌다.

"대체 뭐가 그리 불만이 많은 거냐고. 내가 파티 좀 즐긴 것 가지고 그러는 거야? 응? 그런 거야?"

파티광인 저스트 비버는 하루가 멀다 하고 파티를 찾아다녔다.

그 때문에 술에 취한 채 무대에 올라 실수를 저지르기도 했으면서 도통 그 버릇을 고치지 못했다.

"그래, 너 말 잘했다! 매일 술과 약에 취해 정신 못 차리는 것으로도 부족해, 이제는 다른 여자와 헤프게 놀면서 뭐가 어째?"

셀레나는 이제 창피당하는 꼴을 피하기는 글렀다 생각하며, 더는 참지 않고 마주 악을 썼다.

"너, 나랑 다시 사귀면서 뭐라고 약속했어! 분명 파티에 가는 것도 줄이고, 술이랑 약도 끊겠다고 말했어, 안 했어?"

"어… 이, 이년이?"

독기 품은 두 눈으로 사납게 노려보며 악다구니를 쓰는 셀레나의 모습에 저스트 비버는 일순 당황했다.

평소 자신이 알던 셀레나의 모습이 절대 아니었다.

하지만 여기서 기가 눌렸다가는 다음 날 어떤 기사가 올라올지 뻔했다.

그래서 저스트 비버는 지지 않고 소리쳤다.

"이… 네가 무슨 내 마누라도 되는 줄 알아! 니가 뭔데 내 인생을 마음대로 재단하려고 하는 거야! 네가 뭐 대단한 줄 착각하는데, 넌 아무것도 아니야!"

“그래, 알았어! 나도 이제 간섭하는 거 지쳤어. 이젠 정말 끝이야! 난 네게 아무것도 아닌 사람이니, 이제 말도 섞지 말자. 두 번 다시 연락하지 마!”

휘익!

퍽!

셀레나는 화가 난 나머지 들고 있던 휴대폰을 바닥에 내동댕이쳤다.

휴대폰은 충격을 견디지 못하고 산산조각이 났다.

“어?”

저스트 비버는 순간 당황했다.

하지만 그것도 잠시. 이대로 아무 말도 못하고 있으면 주변 사람들에게 찐따로 인식될 거라 판단한 그는 셀레나를 거칠게 잡아챘다.

그러고는 따귀를 날릴 것처럼 손을 번쩍 치켜들었다.

“까아아악!”

저스트의 야만적인 행위에 주변에 있던 여자들이 두 눈을 감고 비명을 질렀다.

탁!

하지만 그녀들이 상상하는 일은 벌어지지 않았다.

막 저스트의 손이 셀레나의 뺨에 닿으려던 순간, 누군가가 그의 손목을 붙잡았기 때문이다.

*　　　*　　　*

웅성웅성.

수현이 릴 메인과 한창 즐겁게 이야기를 나누고 있는데, 주변이 갑자기 소란스러워졌다.

그러자 수현과 존 존스, 릴 메인도 자연스레 소란이 벌어진 곳으로 시선이 돌아갔다.

"뭔 사고라도 났나?"

"무슨 일이지?"

뒤풀이 파티가 시작된 지도 꽤 오랜 시간이 흘렀다. 초반 파티장에 모습을 드러낸 거물들은 일찌감치 돌아갔고, 남은 사람들은 대부분 연예인과 음악 관계자들뿐이었다.

그리고 지금도 많은 사람들이 파티장을 떠나고 있는 참이었다.

그런데 조금 전 큰 소리가 들려온 곳 주변을 사람들이 둘러싸고 있는 모습이 수현의 눈에 들어왔다.

동서양을 막론하고 세상에서 가장 흥미로운 구경거리는 불구경과 싸움 구경이다.

대충 돌아가는 상황을 보니, 사람들이 모여 있는 곳에서 싸움이 벌어진 듯했다.

구경하는 사람들의 시선은 대개 비슷했다.

올 것이 왔다는 표정.

수현은 소란이 벌어진 장소에서 저스트 비버의 모습을 발견하곤 미간을 찌푸렸다.

저스트 비버는 한국인에게 안 좋은 이미지로 알려진 인물이다.

한국인이라면 누구나 다 아는 야스쿠니 신사.

일본이 온갖 전쟁범죄자들을 때려 박은 그곳에서 참배를 한다는 것은 그들의 죄를 인정하지 않는다는 의미였다.

그런데 저스트 비버는 야스쿠니 신사 참배를 하고 자신이 무척이나 대단하다는 듯 글을 올린 것이다.

신사의 분위기가 엄숙하고 좋았으며, 참배를 한 자신의 경건함을 자랑스레 떠벌였다.

아무리 무지하다지만, 쉽게 내뱉을 만한 말이 아니었다.

자신이 무엇에 대해 참배를 하는 것인지, 그런 기본적인 정보도 모르고 그저 입만 놀려 대는 것은 정말 부끄러운 일이었다.

당시, 수현도 저스트 비버가 올린 글을 읽고 항의하는 글을 남겼다.

물론 그 글을 저스트가 봤을 것이라고는 생각지 않았다.

그도 그럴 것이, 저스트는 팔로워의 숫자만 해도 몇 백만 명이 훌쩍 넘었다.

그러니 그가 올라오는 글을 모두 읽는다는 것은 불가능한 일일 것이다.

하지만 때린 사람은 금방 잊지만, 맞은 사람은 평생을 기억한다 했다.

그랬기에 수현은 당시 저스트 비버의 발언들을 똑똑히 기억하고 있었다.

한데 그런 그가 지금 연약한 여자와 드잡이를 하고 있으니, 참으로 한심하게 느껴졌다.

저스트의 나이도 어느덧 20대 중반에 접어들었다. 그런데 아직도 정신이 성숙하지 못해 매번 구설수에 오르는 그를 보니 답답하고 가여웠다.

물론 정신적으로 성숙하지 못했다는 것일 뿐, 육체적으로는 이미 성인이었다.

그런 건장한 성인이 여성을 향해 폭력을 행사하려 하고 있었다.

그 야만적인 행위를 목격한 수현은 누가 말릴 틈도 없이 현장에 뛰어들어 저스트 비버의 손목을 잡아챘다.

탁!

"아무리 화가 난다지만, 함부로 폭력을 쓰려고 하면 안 되지."

"와아!"

사람들은 갑자기 나타나 저스트의 폭행을 저지한 수현의 등장에 환호했다.

"이익, 넌 뭐야!"

수현의 난입으로 인해 심기가 불편한 듯, 저스트의 목소리는 더욱 날카로워졌다.

하지만 수현은 그에 상관 않고 담담히 경고를 전했다.

"넌 이 자리와는 어울리지 않는 것 같으니 그만 가라."

한편, 저스트 비버가 자신을 때리려고 하자 셀레나는 덜컥 겁이 났다.

자신도 모르게 눈을 감았지만, 고통은 느껴지지 않았다.

오히려 환호성이 울렸다.

감은 눈을 살며시 떠보니, 듬직한 남성의 뒷모습이 보였다.

셀레나는 자신을 감싸준 남자의 얼굴을 확인하기 위해 시선을 돌렸다.

"아!"

그 순간, 셀레나는 자신도 모르게 작은 탄성을 질렀다.

그 남자는 언뜻 봐도 여자인 자신보다 피부가 더 희고 고와 보였다.

하지만 여성스럽다는 느낌은 전혀 아니었다.

키도 무척이나 크고, 덩치도 듬직했다.

그녀가 아는 동양인들은 대개 키가 작고 이목구비가 흐릿했다.

하지만 수현은 서구인들처럼 이목구비가 또렷하면서도 동양인 특유의 매력까지 풍겨 동서양의 미를 모두 갖춘 듯했다.

어찌 보면 혼혈인 것처럼 신비한 매력이었다.

게다가 자신을 위험으로부터 지켜줬다는 콩깍지까지 씌워지니, 셀레나의 눈에 수현은 백마 탄 왕자님과 다를 게 없었다.

"이거 못 놔!"

혼자만의 환상에 빠져 있던 셀레나를 깨운 것은 저스트 비버의 날카로운 외침이었다.

수현이 셀레나를 살필 겸 잠시 한눈을 팔자, 저스트는 기습을 감행했다.

하지만 수현은 이미 낌새를 알아채고 잡고 있던 저스트 비버의 손을 놓아버렸다.

그러자 주먹을 휘두르려던 저스트는 중심을 잃고 휘청거리다 크게 넘어졌다.

마치 술 취한 주정뱅이가 몸을 주체하지 못하고 넘어진 모습과 비슷해 주변에 있던 사람들은 웃음을 터트렸다.

"와하하하!"

'이런 젠장!'

자신을 방해한 수현에게 본때를 보여주기 위해 주먹을 휘둘렀는데, 오히려 자신이 볼썽사납게 바닥을 뒹굴자 저스트는 부끄러움이 몰려왔다.

하지만 그것도 잠시.

부끄러움은 곧 분노로 바뀌었고, 자신을 광대로 만든 수현에게 그 분노를 전가하였다.

"감히 너 따위가 날 웃음거리로 만들어!"

Chapter 10

셀레나 로페즈

엄마는 내가 연예인이 되겠다고 했을 때 이렇게 말씀하셨다.

— 화려한 겉모습에 현혹되지 말고, 언제나 한 번 더 생각하고, 될 수 있으면 말은 적게 해라.

— 다른 사람을 대할 때 차별하지 말고, 예의를 지키라. 그러면 다른 사람도 너를 존중하고 예의를 지킬 것이다.

— 가장 중요한 건 너 자신을 소중히 여기는 것이다. 너 자신을 소중히 하지 않으면, 다른 사람도 널 소중하게 생각하지 않을 테니 말이다.

셀레나는 그런 어머니의 말씀을 지키려고 노력하였다.

물론 아직 어리고, 주관이 뚜렷하게 서지 못하다 보니 때로는 실수를 저지를 때도 있었다. 하지만 대체로 어머니의 말씀을 실천하려고 노력했다.

그녀가 올곧은 모습을 지키려 하니 어린 나이임에도 불구하고 사람들은 칭찬을 아끼지 않았다.

그렇게 시간이 흘러 셀레나는 어느덧 인기 연예인이 되었다.

그런 셀레나의 인생에 어느 날, 운명처럼 백마 탄 왕자님이 나타났다.

성인이 되기 전에는 남자 친구를 사귀지 않겠다고 엄마랑 약속했지만, 완벽한 이상형인 그 남자에게 순식간에 빠져 버렸다.

그리고 그때부터 부모님과 거리가 생기기 시작했다.

조언을 건네는 부모님의 말씀을 통제하기 위한 참견으로 받아들였기 때문이다.

지금에 와서 생각해 보면 참으로 어리석은 행동이었다.

역시나 스스로를 소중히 여기지 않고 남자에 빠져 허우적거린 결과는 비참했다.

알고 보니 심각한 마마보이였던 남자 친구는 엄마의 마음에 들지 않았다는다는 이유로 일방적인 이별을 통보했다.

그 말이 진실인지 거짓인지는 알 수 없지만, 셀레나는 한동안 정신을 차릴 수 없었다.

그동안 사람들에게 사랑만 받고 살아왔는데, 이렇게 누군가에게 버림받는 괴로움을 처음 느꼈기 때문이다.

하지만 아무리 마음이 아파도 카메라 앞에서는 아무렇지 않은 척 웃어야 했다.

그녀가 연예인이 된 것을 처음 후회한 것이 바로 그때였다.

그런 일을 겪고 난 후에야 셀레나는 화려한 겉모습에 현혹되지 말라는 어머니의 말을 떠올릴 수 있었다.

하지만 어머니의 조언을 떠올릴 때는 언제나 후회를 하고 난 후였다.

하루에도 수십 번이나 환희와 후회가 교차하는 삶을 살다 보니, 점점 어머니의 조언을 잊고 지내는 시간이 길어졌다.

그래서 그런 결정을 내렸는지도 모르겠다.

자신을 버린 남자 친구, 저스트 비버를 다시 받아들이는 일을 말이다.

그 결정이 잘못된 선택이었다는 것을 깨닫는 데는 그리 오랜 시간이 걸리지 않았다.

처음 순수한 모습에 반해 사귀게 된 저스트는 시간이 흐르면서 빠르게 타락했다.

무슨 고민이나 어려움이 있어서 그런 것도 아니고, 그냥 호기심으로 술과 마약을 즐겼다.

하지만 그럼에도 그녀는 저스트 비버와 헤어지지 못했다. 그가 바뀌길 기대한 것이다.

그래서 그녀는 저스트 비버에게 자신이 화가 났음을 어필하며 약속을 취소했다.

아직은 어린 그녀다 보니, 결과를 생각지 않고 감정적으로 일을 저지른 것이다.

결과적으로 그녀의 의도는 최악의 상황으로 이어졌다.

시상식에 도착한 저스트는 자신에게 보란 듯이 다른 파트너와 함께하고 있었다.

분명 함께 오지 않겠다고 말한 것은 그녀 자신이지만, 설마 그가 다른 여자를 데려올 것이라고는 전혀 예상하지 못했다.

그래서 소리를 지르며 그를 비난했다.

저스트 비버 역시 참지 않고 소리를 쳐 댔다.

소란이 커지자 사람들의 시선도 모여들었다.

그제야 창피함을 느낀 셀레나는 얼른 자리를 피하려고 했다.

그런데 저스트 비버의 반응이 이상했다.

급기야 자신에게 손찌검을 하려 했다.

개인적인 공간도 아니고, 사람들이 이렇게나 많은 파티장에서 폭력을 행사하려는 그의 모습에 셀레나는 두려움을 느꼈다.

다행히 누군가의 도움으로 위기는 모면했지만, 지금도 심장이 거세게 요동쳤다.

"넌 뭐야! 뭔데 우리 사이에 끼어드는 거냐고!"

저스트 비버는 자신을 막아선 수현을 보며 악을 썼다.

"이곳은 개인 공간이 아닌 공공장소다. 그러니 더 이상 소란 피우지 마라."

저스트는 자신보다 10㎝ 이상 큰 수현의 단호한 목소리에 순간 기가 죽어 주변을 살폈다.

평소 자신과 함께 어울리는 친구들에게 도움을 청하기 위해서였다.

하지만 아무리 둘러봐도 친구들의 모습은 보이지 않았다.

주변에는 오직 자신을 경멸하는 눈빛으로 바라보는 사람들뿐이었다.

"뭐야, 구경났어!"

저스트는 사람들의 따가운 시선에 오히려 더 흥분하며 고함을 질렀다.

이미 연예계에서는 저스트 비버의 저속한 품행을 모르는 사람이 없었다.

심지어 저스트 비버를 옹호하던 팬들도 점점 심해지는 그의 이상 행동에 점점 떨어져 나가는 추세였다.

하지만 그의 인기는 아직 식지 않았다.

저스트 비버 자체는 싫어도 그의 노래는 좋다고 하는 사람들도 많았다.

그랬기에 저스트 비버는 여전히 자신이 대단한 줄 알고 반성을 할 줄 몰랐다.

하지만 수현은 그런 맹목적인 팬이 아니었다.

"더 이상의 무례는 참지 않는다."

여전히 자신을 향해 소리치며 발버둥치는 저스트 비버로 인해 수현의 인내심이 슬슬 바닥이 나기 시작했다.

수현이 무미건조한 목소리로 경고하자 주변의 소음이 한순간에 싹 사라졌다.

마치 포식자의 살벌한 기세에 꼼짝 못하는 것처럼, 사람들의 몸이 순간 굳어버린 것이다.

이는 수현이 인생 게임, 스타 라이프를 활용하면서 지금까지 단 한 번도 사용하지 않은 기능이었다.

인생 게임, 스타 라이프가 몸에 적용되고 신체 능력과 정신 능력 등의 모든 스탯들이 상승하면서 수현은 영화 속 슈퍼 히어로 수준은 아니더라도 범인의 수준은 뛰어넘은 지 오래였다.

거기다 다양한 무술들을 익힌 덕분에 수현이 정신을 집중하면 특별한 기운이 발산되었다.

저명한 전문가들은 이것을 투기나 살기라고 말하기도 했다.

몇 달 전, LA 동물원에서 접근하는 곰을 물리친 것도 이 투기였다.

살인 곰이라는 별명을 가진 그리즐리 베어도 수현의 투기에 겁을 집어먹었는데, 평범한 일반인이라면 당연히 감당할 수 없었다.

'아, 동양인 남자가 이렇게 멋있을 수도 있구나!'

주변에 있는 여자들 대부분이 나이를 불문하고 수현에게 한눈에 반해 버렸다. 개중에는 한발 더 나아가 망측한 상상을 하는 여성들도 있었다.

"저스트 비버! 하……."

그때, 누군가가 사람들을 헤치고 나와 저스트를 불렀다.

하지만 저스트 비버는 넋이 나간 듯 그를 부르는 소리에도 꼼짝을 못했다.

하지만 새로운 인물의 등장하자 수현은 투기를 거둬들였

고, 덕분에 주변을 장악한 긴장감이 어느 정도 해소되었다.

저스트 비버는 수현의 투기에 짓눌려 숨도 제대로 쉬지 못하다가 긴장이 풀리자 숨을 거칠게 몰아쉬었다.

"더 이상 사고 치지 않기로 약속했잖아."

매니저인 로렌스 하트는 냉엄한 표정으로 저스트 비버를 꾸짖었다. 그런 후, 수현과 셀레나 로페즈에게 진심 어린 사과를 전했다.

"무슨 일인지는 모르겠지만… 죄송합니다. 정말 죄송합니다."

로렌스는 수현이 자신의 사과를 받아들였다는 것을 깨닫고, 얼른 주변을 수습하기 시작했다.

"너 계속 이러면 에이전시에서도 그냥 넘어가진 않을 거야."

로렌스는 저스트에게 경고한 뒤, 그를 끌고 갔다.

물론 저스트 비버는 끌려가면서도 수현을 노려보는 것을 잊지 않았다.

그는 자신의 일을 방해하고 모욕을 선사한 수현을 절대 가만두지 않을 생각이었다.

소란을 일으킨 저스트 비버가 매니저인 로렌스 하트와 떠난 뒤, 파티장의 흥은 완전히 식어버렸다.

이미 파티가 끝물인 상태에서 저스트 비버의 난동까지 더해지자 완전 파장 분위기가 되었다.

"수현아, 우리도 이제 가자."

언제 다가왔는지 전창걸이 다가와 수현을 불렀다.

"네. 존, 넌 안 갈 거야?"

"나도 가야지. 그나저나 오늘 참 많은 일이 있었다. 그렇지?"

존 존스는 그렇게 말하며 수현을 향해 한쪽 눈을 찡긋해 보였다.

"그러게 말이야."

수현에게는 오늘 하루가 정말 길고도 험난했다.

한국에서 연말 시상식에 참석하여 동생들을 응원한 뒤, 곧장 중국으로 넘어가 대금위 시상식에 참여했다.

그런 후에 또다시 이곳 뉴욕으로 날아와 그래미 시상식에 참석했다.

하루가 조금 넘는 30시간 동안 정말 많은 스케줄을 소화해 낸 것이다.

체력적으론 여유가 남았지만, 정신적으로는 상당히 피곤했다.

이것은 정신력 스탯이 높다고 해결되는 일이 아니었다.

게다가 사람을 상대하는 일은 무척이나 심력을 소모하는 일이다.

오늘 만난 사람들은 그야말로 온갖 부류가 다 있었다.

자신의 명성을 이용하기 위해 접근하는 사람도 있고, 또 자신의 선행에 대해 칭찬하고 교류하기를 원하는 사람들도 있었다.

한편으로는 수현의 음악에 관심을 보이는 뮤지션들도 많아 타이트한 스케줄임에도 불구하고 이곳까지 날아온 결과가 상당히 좋았다.

그들과 이야기를 나누면서 인맥도 쌓고, 지식도 넓히며, 차후 미국에 진출 예정인 로열 가드에도 좋은 영향이 있을 테니, 두루두루 좋은 시간이었다.

"부장님, 이제 공식적인 일정은 끝난 거죠?"

파티장을 빠져나오며 수현이 전창걸에게 물었다.

"오늘 스케줄은 그렇고, 음… 요 며칠간 공식 스케줄은 없어."

"휴, 정말 다행이네요. 그나저나 지금 당장 한국으로 돌아가기도 뭐하고, 이곳에 남아 있어봐야 할 것도 없는데……."

수현은 로비를 걸으며 작게 중얼거렸다.

“그러게 말이다. 너는 그래도 아직 솔로니까 상관없겠지만, 나는… 하, 정말 한숨만 나오는구나.”

수현이야 사귀는 사람도 없으니 상관없겠지만, 그는 엄연히 가정이 있는 사람이었다.

그런데 지금 연말에 가족을 등지고 머나먼 타향에 있는 것이다.

내년이면 40대에 접어드는 전창걸으로서는 여우 같은 마누라와 그에 못지않은 딸이 하나 있었다.

어릴 때만 해도 토끼같이 귀엽고 예쁜 딸이었지만, 조금 컸다고 이제는 제 엄마하고 똑같아졌다.

물론 그렇다고 딸이 사랑스럽지 않은 것은 아니다.

아니, 오히려 제 엄마를 닮아 날로 예뻐지는 통에 요즘은 걱정이 태산이었다.

늦게 일을 마치고 퇴근해 집에 가면, 종종 집 앞에 머슴아들이 딸을 찾아와 배회하는 것을 볼 수 있었다.

그럴 때면 혹시나 하는 마음에 걱정되는 것은 비단 그의 우려만은 아니었다.

연예계에서는 흔히 있는 사고인데, 연예인을 좋아하던 사생팬이 어느 순간 도를 넘어버리는 일이 있다.

그러한 일들이 자신의 딸에게도 벌어지지 않을까 걱정이 된 것이다.

물론 아직까지는 그런 조짐이 확실한 건 아니지만, 그래도 불안했다.

"부장님, 또 따님이 걱정돼서 그러는 거예요?"

"……그런 거 아냐."

전창걸은 애써 자신의 걱정을 떨치며 대답했다.

하지만 그럴수록 수현은 전창걸이 더욱 신경 쓰였다.

"정 불안하시면 사모님한테 주현이 데리고 여기로 휴가 오시라고 하면 되지 않을까요?"

"뭐? 야, 돈이 얼만데……."

전창걸은 수현의 말에 그럴까 고민하다가 이내 고개를 저었다.

비록 전창걸의 지위가 높다지만, 딸아이의 미래를 위해선 최대한 아껴야 했다.

내년이면 주현이도 고3이 된다. 한창 꾸미고 놀고 싶어 하는 딸아이에게 금전적으로 부족한 모습을 보여주기는 싫었다.

"저 때문에 부장님이 연말에 가족과 함께하지 못하고 계신데, 그 비용은 제가 낼게요."

수현은 전창걸의 고민을 듣고 별생각 없이 이야기했다.

그 말에 전창걸은 순간 혹했지만, 역시 그건 아니었다.

"아니다. 그래도 그건 말도 안 되는 일이다."

"뭘 그렇게까지 고민하세요. 엄밀히 따지면 회사 일 때문에 휴가도 반납했는데, 이번 기회에 회사에 그 정도는 요청할 수도 있잖아요."

수현은 이번에는 회사를 끌어들였다.

전창걸은 올해 엄청난 스케줄을 실수 하나 없이 소화해냈다.

회사에서는 그런 전창걸의 노고를 인정해 연말에 시상식이 끝나면 여름에 쓰지 못한 휴가와 겨울 휴가를 붙여 장기 휴가를 주기로 약속되어 있었다.

하지만 이마저도 갑자기 잡힌 수현의 미국 스케줄로 인해 파토가 났다.

그 때문에 전창걸은 딸과 부인에게 그렇게 일이 좋으면 일과 결혼하라며, 집에 들어오지도 말라는 말까지 들었다.

수현을 따라다니면서도 전창걸은 그 말이 머릿속을 떠나지 않았다.

그랬기에 조금 전 수현이 가족을 미국으로 부르라고 했을 때, 솔깃했던 것이다.

“그러지 말고, 일단 제 말대로 해보세요. 지금 한국은… 오후 두 시쯤 되겠네요.”

자신의 말에 머뭇거리는 전창걸을 보며 수현은 휴대폰을 빼어 들고 단축 번호 0번을 눌렀다.

전창걸과는 오래 다녀봐서 그의 단축 번호는 다 알고 있는 수현이었다.

뚜르르르— 뚜르르르—

딸칵.

몇 번의 신호가 가고, 곧 전화를 받는 소리가 들렸다.

하지만 수현을 아무런 말도 꺼내지 못했다.

그보다 먼저 수화기 너머에서 우렁찬 호통 소리가 들려왔기 때문이다.

— 이 인간아! 한 일주일 지난 뒤에나 전화하지그랬어?!

“…하하, 사모님. 저 정수현입니다.”

잠시 전화기를 귀에서 뗀 수현은 상대방이 어느 정도 진정된 듯 보이자 그제야 인사를 건넸다.

— 어머, 수현 씨가 어떻게 우리 남편 전화기를… 헉! 혹시 우리 주현이 아빠에게 무슨 사고라도…….

통화 상대가 남편이 아니란 것을 깨달은 전창걸의 부인은 순간 당황해 말을 잇지 못했다.

"아, 아닙니다. 그런 것이 아니고요, 제가 사모님께 할 말이 있어 대신 전화한 겁니다."

수현은 그녀가 걱정하지 않게 조곤조곤 설명을 이어 나갔다.

이야기를 모두 듣고 난 전창걸의 와이프는 수현의 제안에 무척이나 기뻐했다.

그녀의 소원 중 하나가 바로 뉴욕에 한 번 와보는 것이기 때문이었다.

영화에 단골 배경으로 나오는 뉴욕은 뭔가 특별한 것이 느껴졌다.

더욱이 자유의 여신상이나 센트럴파크, 메디슨 스퀘어 가든 등 수많은 볼거리 덕분에 관광객이 몰려드는 도시였다.

그런데 수현이 뉴욕으로 오라고 하니 진심으로 기뻐한 것이다.

하지만 누가 전창걸의 천생연분 아니랄까 봐 수현의 제안에 흥분하면서도 정작 대답은 거절이었다.

괜히 수현에게 부담을 주는 것 같다는 생각 때문이었다.

"에이, 그런 말씀 마세요. 저 때문에 부장님께서 많이 고생하셨습니다. 이렇게라도 보상할 수 있게 해주세요."

— 움, 정말 저희가 결례를 하는 것은 아닌가요?

거듭된 수현의 설득에 전창걸의 부인도 마음이 살짝 넘어오는 듯했다.

그런 수현과 부인의 통화를 옆에서 듣고 있던 전창걸은 어떻게 표정을 지어야 할지 갈피를 잡을 수 없었다.

평상시 별로 신경 써주지 못한 부인과 딸에게 해외여행이란 기회가 찾아왔다.

다만, 자신이 케어해 줘야 할 연예인이 비용을 부담하는 일이기에 대놓고 기뻐할 수가 없었다.

"아무 걱정 하지 마시고, 내일 바로 비행기 타고 오세요. 제가 뉴욕 토박이는 아니지만, 성심성의껏 가이드해 드리겠습니다."

수현은 쐐기를 박듯 선언하자, 그것이 통했는지 그녀는 남편을 바꿔 달라고 하였다.

수현은 빙그레 미소 지으며 전화기를 전창걸에게 넘겼다.

"잘해봐요."

"저, 실례합니다."

전창걸이 편하게 통화를 할 수 있도록 자리를 피해준 수현에게 맑고 청아한 여성의 목소리가 들려왔다.

자신도 모르게 고개를 돌린 수현은 깜짝 놀랐다.

언제 다가온 것인지, 그곳에는 파티장에서 본 셀레나 로페즈가 서 있었다.

"안녕하세요. 전 셀레나 로페즈라고 해요."

"아… 네, 정수현입니다."

"알고 있어요. 히어로 정, 맞죠?"

셀레나는 싱긋 웃으며 말했다.

"하하, 요즘 절 그리들 부르더군요."

아름다운 이국의 여성이 자신을 향해 밝게 웃어 보이자 수현은 자신도 모르게 살짝 가슴이 떨렸다.

'…예쁘다!'

수현도 연예계에 있으면서 젊고 아름다운 여자 연예인들을 많이 봐왔다.

그리고 아름다운 여성 스타들에게 고백도 받아보았다.

하지만 지금 눈앞에 있는 셀레나 고메즈와 같은 매력을 풍기는 여성은 단연코 만나보지 못했다.

파티장에서 마신 샴페인 때문일까, 아니면 조금 전 전창걸의 행복한 모습을 보아서일까.

수현은 지금 이 순간, 그녀가 유독 아름답게 느껴졌다.

"……이름만큼이나 아름다우십니다."

"네?"

뜬금없이 튀어나온 수현의 칭찬에 셀레나는 순간 당황했다.

"어머……."

파티장에서 자신을 구해준 수현에게 호감을 느끼고 있던 그녀는 그 한마디에 얼굴이 홍당무처럼 빨개졌고, 창피한 마음에 고개를 살짝 숙였다.

그런데 미녀는 자연의 축복을 받는다고 했던가.

때마침 구름에 가려져 있던 달이 고개를 내밀며, 마치 조명처럼 셀레나를 비췄다.

'…아!'

파티장에서도 언뜻 보았던 셀레나의 아름다운 얼굴이, 지금은 달빛을 받아 마치 여신과도 같은 느낌을 전해주었다.

수현은 28년간 살아오면서 단 한 번도 느껴보지 못한 감정이 가슴을 가득 채우는 것을 느꼈다.

이런 감정은 안선혜를 사귀었을 때도, 그리고 동경하던 최유진과 처음 사고를 친 날에도 느껴보지 못한, 정말 생소한 두근거림이었다.

조금 전 파티장에서 애인이 있다는 것을 목격했으면서도, 수현은 셀레나에게 향하는 마음을 주체할 수가 없었다.

"늦은 시간에 왜 집에 안 들어가시고……."

수현은 횡설수설하듯 이야기를 꺼내다 말끝을 흐렸다.

호감이 생긴 여성에게 조금이라도 좋은 이미지를 심어주려는 본능이 하려던 말을 방해한 것이다.

하지만 수현의 행동에 온 신경이 쏠린 셀레나는 무슨 말을 하려고 한 건지 눈치챘다.

"그게 아니라… 조금 전에 구해주셔서 감사하다는 말을 하고 싶어서 당신을 찾고 있었어요."

셀레나는 늦은 시간에 호텔을 찾은 모습이 안 좋게 비쳐질 수도 있다는 생각에 얼른 변명하듯 이야기를 꺼냈다.

그녀 또한 수현에게 호감을 품고 있기에 나온 말이었다.

"아, 신경 쓰지 마세요. 그런 상황에서는 당연히 도와주는 게 맞습니다."

그렇게 두 사람은 연애를 안 해본 사람도 아닌데, 난생처음 느껴보는 두근거림에 제대로 된 대화를 나누지 못했다.

〈『스타 라이프』 제12권에서 계속〉

더 리터너
기망하다
책향기
그대에게, 봄을

폭력의 잔재
Bondage & Marriage

BOOKS
로그인
파문
강력 추천! 종이책
사랑도 아니면서
김제이
처음부터 너...
소낙연
신간

www.bbulmedia.com

BBULMEDIA